Alexa Hennig von Lange

Peace

Alexa Hennig von Lange

Peace

Roman

DUMONT

Erste Auflage 2009

Umschlag: Zero, München
Satz: Fagott, Ffm
Gesetzt aus der Dante und der Affair
Gedruckt auf säurefreiem und chlorfrei gebleichtem Papier
Druck und Verarbeitung: CPI – Clausen & Bosse, Leck
Printed in Germany

ISBN 978-3-8321-9502-1

Für meinen Bruder Benno

Eins

Am 26. Oktober 1991 sah ich meine Mutter in ihrer Kotze liegen. Das war der Mittag, an dem ich mit einem frischen Schmiss auf der Wange durch den herbstlichen Garten in die Küche kam. Sie lag auf dem Rücken, Arme und Beine von sich gestreckt, als hätte sie sich extra so hindrapiert. Durch das rot gefärbte Laub und die ungeputzten Scheiben brach die Sonne warm zu uns herein. An den Füßen trug meine Mutter ihre indischen Samtschläppchen, deren schwarze Gummisohlen nach Teer rochen. Seit ich denken konnte, lief sie darin herum und redete davon sich umzubringen. »Ich bringe mich um.«

In ihrem Leben war so einiges schiefgelaufen, weswegen sie keine Chance sah, es je wieder in den Griff zu bekommen. »Ich habe den Schlüssel zu meiner kindlichen Seele verloren.« Ihre Selbstaufgabe hatte unter anderem mit dem Buch *Bilder einer Kindheit* zu tun, das seit sieben Jahren in der Gästetoilette auf dem Hocker unterm Waschbecken lag. Eine aus der Frauengruppe hatte es ihr zum Fünfzigsten geschenkt. »Damit du endlich an dein verschüttetes Potential rankommst.«

Seitdem zitierte meine Mutter pausenlos aus diesem Irrsinnswerk: »In meiner eigenen Kindheit gab es keinen Raum für eine solche Hoffnung und ein solches Vertrauen.« Und nachdem meine Mutter das Buch durchgearbeitet hatte, war meine Oma nicht mehr nur schuld am Elend ihrer Tochter, sondern gleich auch noch am historischen Versagen der Deutschen. »Mit ihrer Scheiß-

Konventionalität hat sie dem Faschismus das Bett bereitet und mein Urvertrauen zerstört.«

Ich trat näher heran. »Mama?«

Mit ihren riesigen Kulleraugen starrte sie an die Küchendecke und rührte sich nicht. Ich war kurz davor, ihr meinen Rucksack aufs Gesicht fallen zu lassen oder gegen ihren Kopf zu treten. Ich war müde von dem ganzen Theater, das meine Mutter im Laufe meines zerrütteten Lebens veranstaltet hatte. Sie blinzelte nicht einmal. Oben im Schlafzimmer lief *The-Sally-Raphael*-Talkshow auf NBC. So laut, dass ich hörte, wie die Moderatorin mit kraftvoller Stimme fragte: »Well, folks, any idea how to go on?« Meine Mutter presste die Lippen fest zusammen, so, als hätte Sally speziell sie gemeint. Wen auch sonst? Schließlich war meine Mutter die verschissene Hauptperson auf diesem verschissenen Erdball. Und dann machte sie wieder dieses Heulgeräusch, von dem ich jedes Mal feuchte Hände bekam. Es kostete mich wirklich viel Kraft, sie nicht augenblicklich zu erwürgen. Im oberen Stockwerk applaudierte das begeisterte Publikum, und die nervige Jingle-Musik ertönte.

Seit einigen Jahren war meine Mutter Pazifistin und fernsehsüchtig. »Was soll ich auch sonst machen? Es gibt nichts mehr, wofür es sich zu kämpfen lohnt.« Ihre Frauengruppe hatte sich längst aufgelöst, und sowieso lag die beste Zeit ihres Lebens weit hinter ihr. Früher war sie meistens high gewesen, und eigentlich war sie noch immer nicht voll da. Aber seitdem sie nicht mehr per Mitfahrerzentrale auf diese Hippie-Revival-Goa-Festivals fuhr, die seit einigen Jahren immer häufiger auf dem Land oder in stillgelegten Steinbrüchen veranstaltet wurden – sie hatte da im letzten Sommer auf MDMA ein paar schlechte Erfahrungen gesammelt –, verließ sie kaum noch das Haus. Meistens hockte sie oben im Schlafzimmer auf dem Ehebett, trank Whiskey und sah mit offenem

Mund fern. Dazu rauchte sie ein paar Sticks und überlegte, ob sie noch mal eine alternative Clownerie-Schule besuchen sollte. »Da lernt man in intimer Atmosphäre alles über heilsamen Humor und das närrische Spiel – vom Ruhepuls bis zum Herzklabaster.« Sogar wenn sie schlief, lief der Fernseher. »Weil die Welt sonst aufhört zu existieren und ich verlorengehe.«

Wenn meine Mutter ausnahmsweise mal nicht fernsah, faselte sie vom »seelischen Terror«, dem sie als Kind ausgesetzt gewesen war. Dann kauerte sie mit der großen Fotokiste im Wohnzimmer auf dem Fußboden und guckte sich stundenlang die alten Schwarzweiß-Aufnahmen aus ihrer Jugendzeit an. Sie im Faltenrock und geflochtenen Zöpfen in einer Gruppe von pausbäckigen BDM-Mädchen bei einer Harzwanderung. Im Hintergrund das mit Fichten bewachsene Gebirge. Dazu sang sie mit psychotischer Stimme: »Meine Mutter hat mich im hell erleuchteten Kreißsaal in die Welt hinausgeworfen und einen Konventionskrüppel aus mir gemacht.«

Das war keine Neuigkeit. Eines Abends, ich war gerade fünf Jahre alt geworden, hatte sie im Halbdunkel auf meiner Bettkante gehockt und sich wie eine Sterbende an meine Hand geklammert. Ihre Augenlider hingen schwer nach unten und ihr Atem roch nach Whiskey: »Joshua, ich sage dir, deine Oma hat mich durch die fehlende Wärme ihrer vorenthaltenen Brust, der analen Repression und der Unterdrückung meiner phallischen Darstellungsfreude zerstört.« Noch im Traum hörte ich meine Mutter diesen mir vollkommen unverständlichen Satz wispern. Als ich schließlich einigermaßen schreiben konnte, hatte ich ihn mit Edding auf meinem ledernen Schulfedermäppchen notiert.

An meinem sechsten Geburtstag hatte meine Mutter ein paar Kinder aus der Nachbarschaft zum Feiern eingeladen. Doch schon beim Geschenkeauspacken fing sie an zu kreischen, als würde sie bei lebendigem Leib gehäutet. Der Schnodder lief ihr aus der Nase, und sie riss die Hände Richtung Himmel: »Ich ertrage diese kindliche Unschuld nicht!« Anschließend verkroch sie sich wie eine Aussätzige unter dem niedrigen Gabentisch. Von da unten jammerte sie weiter: »Gott, rette mich! Ich bin ein verlorenes Mädchen.« Später beim Kuchenessen strich sie meinen Kindergartenkumpels mit irrem Blick über die Wangen. »Jungs, ich muss lernen, den Schmerz zuzulassen.« Meine Freunde bekamen Angst. »Wir wollen besser wieder nach Hause!«

Nun beugte ich mich über sie und fragte zum unzähligsten Mal in meinem Leben: »Mama, was ist los?«

Sie starrte mich aus ihren blassblauen, von schwarz getuschten Wimpern umrandeten Augen an. Ich lächelte ihr aufmunternd zu. Bestimmt hatte sie ein glückliches Kind aus mir machen wollen. Auf ihrem Nachttisch lag ja noch das Taschenbuch *Theorie und Praxis der antiautoritären Erziehung*. Im Sandkasten, in der Hängematte, im Supermarkt, im Bus, egal, wo wir uns in meinen ersten Lebensjahren befunden hatten – andauernd hatte sie sich mit ihren langen braunen Haaren vor mich hingekniet. »Schätzchen, sei so gut und reguliere deine Bedürfnisse in Sachen Sexualität und Nahrungsaufnahme selbst.« Sie wollte verhindern, dass noch einmal so etwas wie »Auschwitz« vorkäme. Dagegen konnte ich wenig einwenden. Ich war ja kein Psychologe. Für meinen Teil hätte ich mir dennoch gewünscht, nicht für alles verantwortlich zu sein. Sogar zum Elternsprechtag in der Schule hatte ich ohne meine Mutter gehen müssen. Sie hatte nur gemeint: »Ich kann da nicht hin. Das System überfordert mich!« Also saß ich als Zehnjähriger allein vor Herrn Röslers Pult und unterhielt mich mit ihm über mein gestörtes Sozialverhalten – nach dem Sportunterricht hatte ich mir einmal meine Unterhose über die Jeans angezogen – und über die schulischen Fehlleistungen. Bei Klassenarbeiten hielt ich mich nur selten an die Aufgabenstellungen. Stattdessen beschenkte ich meine Lehrer mit selbstverfassten Aphorismen. »Die kleinsten Schweine hüten die größten Schafe.« Zum Abschied hatte ich mit extra tiefer Stimme versprochen: »Vielen Dank für Ihre Einschätzung, Herr Rösler. Ich bin mir sicher, Joshua wird sich in Zukunft etwas mehr zusammenreißen.«

Meine Mutter wimmerte gekünstelt herum. Auf ihrem Kinn, den Wangen und am Hals klebte das Erbrochene. Mit der Schuhspitze stieß ich sie an der Schulter an. »Hallo? Jemand zu Hause?«

Ich beugte mich zu ihr runter und versuchte durch den Mund einzuatmen, um den Kotze-Geruch nicht zu riechen. Ihre Hand griff fest um meinen Unterarm, der Zeigefinger ihrer anderen Hand wies zitternd in meine Richtung. Endlich öffnete sie ihre spröden Lippen: »Bist du vom Baum gefallen, Schätzchen?«

»Was soll ich auf einem Baum? Das ist ein Schmiss.«

»Wovon?«

»Ich habe an einer Mensur teilgenommen.«

»Wozu? Du studierst doch noch gar nicht.«

Ihre Augen rannten im Zickzack über mein Gesicht und die klaffende Wunde auf meiner Wange. Ihre Lippen zitterten. Innerlich stand sie schon wieder am Abgrund, kurz vorm Absprung in die bodenlose Tiefe. Ihr langes grau schimmerndes Haar lag wie eine Korona über den splittrigen Holzboden verteilt, gespickt mit ausgewürgten Haferflocken. Ich kniete mich neben meine Mutter, die Dielen knarrten. Neulich hatten mich die Jungs von der Schlagenden Verbindung beim Info-Tag in der Uni rausgefiltert, als ich in der Traube meiner Klassenkameraden die breite Freitreppe heraufgekommen war. Oben, neben der Säule, hatten sie mir versprochen: »Freund! Sobald du im ersten Semester die Burschifikation abgelegt hast, kannst du zu uns ins Wohnheim ziehen. Da machen wir Party.« Daraufhin hatte ich beschlossen, mich sofort bei denen zu melden, um hier rauszukommen. Für die Jungs war ich jetzt Student der Betriebswirtschaft.

Der Geruch von Halbverdautem, Ringelblumensalbe und Wahnsinn wurde immer intensiver. Auf der Brust meiner Mutter lag die Kette aus bunten Glasperlen, daneben ein magensaftdurchtränkter Stick. Ich zog ihr das hochgerutschte »The Grateful Dead«-T-Shirt über den nackten Bauch und stopfte es mit dem Zeigefinger unter die schwere Gürtelschnalle, die einst von kalifornischen Hippies liebevoll mit faustgroßen Türkisen besetzt worden war.

Ich fragte: »Hast du wieder Absinth getrunken?«

»Nein.«

»Was dann?«

Sie zuckte mit den Schultern, und ich sah hinunter auf ihre gebräunte Hand mit den drei mattgoldenen Ringen, in die große bunte Steine eingefasst waren. Der Griff um meinen Arm wurde noch fester. Vielleicht hatte sie von den getrockneten Tollkirschen gegessen, die sie seit einigen Monaten oben auf dem Küchenschrank im Staub lagerte. Im Sommer hatte sie im Wald mehrere Körbe voll davon gesammelt. »Die turnen richtig!« Oder sie hatte im Garten hinter den Himbeersträuchern wieder ihren Bong geraucht. Letztes Mal wäre sie dabei um ein Haar durch ein Lungenemphysem abgetreten. Ihr Mund ging auf, die Stimme bröckelte heraus.

»In den Nachrichten haben sie gesagt, dass Billy tot ist.«

»Wer?«

»BILLY!«

Und dann heulte sie los, wie sie ihr Leben lang losgeheult hatte. Vollkommen entfesselt, unterbrochen von tiefen, gurgelnden Seufzern, als ertrinke sie. Weil das im Liegen nicht so gut ging, versuchte sie sich aufzurichten. Ich legte ihr eine Hand in den sehnigen Rücken, mit der freien Hand tastete ich hinter mir das Fensterbrett zwischen den Kakteen nach einer Haarnadel ab. Die Dinger lagen meistens dort, wenn sie nicht verrostet auf dem Boden herumflogen, ich hineintrat und mir eine Blutvergiftung zuzog. Alles schon erlebt. Als ich endlich eine Nadel zwischen die Finger bekam, legte ich sie ihr in die zittrige Hand. Doch sie ließ sie einfach in ihren Schoß fallen, und die Haarsträhnen klebten im verschmierten Gesicht. Das Grateful-Dead-T-Shirt vibrierte. Sie zog ihre Knie bis zur Brust ran und umklammerte ihre spillerigen Unterschenkel in der abgetragenen Jeans. Sie schaukelte vor und zurück.

»Billy, Billy, scheiße, Billy.«

Ich schwitzte. Mir war kotzübel. Sie heulte auf:

»Er war Jude!«

Ich holte ihr etwas Klopapier aus der Gästetoilette. Diesen Junkie-Anblick ertrug ich einfach nicht mehr. Und kam wieder zurück.

»Hattest du mal was mit ihm?«

Ich ließ mich auf einem der Küchenstühle nieder, reichte ihr das zusammengeknüllte Klopapier und blickte sie freundlich an. Sie tupfte sich das Gesicht ab.

»Glaubst du vielleicht, ich hätte mit jedem Mann was gehabt?«

»Ja, hattest du denn nicht?«

Meine Lider klappten nach unten. Ich saß im Nichts. Feierlich hatten meine Corpsbrüder und ich oben auf dem Dachboden, im Balken des einfallenden Morgenlichts, a capella *So pünktlich zur Sekunde* gesungen. Dann hatte der gegnerische Säbel auch schon meine Wange zerfetzt. Meine Mutter hörte auf zu schaukeln.

»Na, gut. Ich hatte was mit ihm.«

Da war ich wieder. Meine Lider sprangen auf.

»Wann?«

»In den Sechzigern.«

Sie fummelte sich ihre Haare im Nacken zu einem losen Knoten zusammen.

»Außerdem habe ich ihm geholfen.«

»Wobei?«

»Bei der Buchhaltung.«

»Kannst du so was?«

»Scheiße, ist doch egal.«

Plötzlich lächelte sie wie weggetreten, und ich sah die Zahnlücke zwischen ihren beiden Frontzähnen. Sie behauptete, die Lücke hätte früher alle Jungs aus den Jesuslatschen gehauen. »Alle! Alle! Alle!« Ich konnte mir trotzdem nicht vorstellen, wie sie in einem Sekretariat tätig war. Es gab keinen chaotischeren Menschen auf der Welt als meine Mutter. Als Kind hatte ich einmal aus einem herumstehenden Wodkaglas getrunken, weil ich dachte, darin sei Leitungswasser.

Endlich rieb sie sich mit dem Klopapier den Hals ab, die halbverdauten Haferflocken rieselten aus ihren Haaren. Besser ich guckte an ihr vorbei, den Flur hinunter. Die Wände hingen voll mit gerahmten Schwarzweißaufnahmen. Die hatte meine Mutter in ihrer »wilden Zeit« gemacht, nachdem sie als Jugendliche mit ihrem Vater nach Argentinien und später alleine nach San Francisco weitergereist war. »Falls die Russen kommen.«

Ich fragte: »Willst du aufstehen?«

Sie nickte.

»Dann komm.«

Ich schob ihr meinen Arm unter die mickrigen Achseln, daran arbeitete sie sich in den Stand. Sie war dünn und hatte ein kantiges Gesicht, genau wie Roger Waters von Pink Floyd. Die Platten standen in dicken Stapeln bei uns im Wohnzimmer auf dem Boden rum, ganz vorne die vergilbte *Ummagumma*. Meine Mutter drehte bei dem irren Geschwurbel noch immer voll ab, mit ausgebreiteten Armen wirbelte sie durch die Räume – einigen von den Leuten hatte sie persönlich einen geblasen. »Es war eine tolle, tolle Zeit.« Sie lächelte tapfer. »Ich geh mal kurz pinkeln.«

In ihren Samtschläppchen schlurfte sie über den fadenscheinigen Perserteppich, den schmalen Flur hinunter, an den Fotos vorbei: Pantomimen mit riesigen Pappmaché-Köpfen, Open Airs, Feuerschlucker-Happenings, kreiselnde Hippies in projizierten Unterwasserwelten, Diskussionsgruppen, bärtige Typen in Robin-Hood-Kostümen, die an ungewaschene Studenten Suppe verteilten. Außerdem eine Villa mit einem Haufen schwarz glänzender Mülltüten vor der Eingangstür. Und der Blumen-Bus, mit dem meine Mutter und ein paar »Beat-Poeten« durch Amerika gegurkt waren, um die Leute anständig mit LSD zu versorgen. Das letzte Bild zeigte eine verschwommene Figur. »Das war mein bester Kumpel Martin Luther King.«

Beim Gute-Nacht-Sagen hatte mir meine Mutter oft ins Ohr geflüstert: »Joshua, du hättest dabei sein sollen. Es hätte dir gefallen. Was für eine verfickte, hormongetränkte Bomben-Stimmung!«

Jetzt taumelte sie den Flur runter, ihre Schultern stießen rechts oder links gegen die aufgehängten Bilderrahmen, einer stürzte ab. Meine Mutter bückte sich, drückte das splittrige Ding an ihre Brust und verschwand damit im Gästeklo. Durch die Holztür hörte ich sie kreischen: »SCHEISSE! BILLY! SCHEISSE!«

Dann war sie still. Ich blieb im Wohnzimmer neben dem Sofa stehen und glotzte vor mich hin. Oben im Schlafzimmer meinte Sally: »Obviously, there are some edgy points in your relationship you better work on.« Ich nickte. Ja. Ja. Hauptsache, meine Mutter machte keinen Blödsinn mit dem gesplitterten Glas.

Zwei

Als ich sieben Jahre alt war, wollte meine Mutter sich im violetten Overall vom Dachfirst in die Rosenbüsche im Vorgarten stürzen. Mein Vater und ich standen unten. Wir riefen: »Renate, lass den Scheiß!« Ich war verzweifelt, aber meinem Vater wurde die Sache irgendwann zu dusselig und er ging zurück auf den Garagenhof zu seiner neuen Jolle, um sie seetüchtig zu machen. Nachdem ich mich vor lauter Stress in die Rosenbüsche übergeben hatte, rutschte meine Mutter in ihrem violetten Overall endlich das Regenrohr runter und taumelte mit kreiselnden Pupillen auf mich zu. In den Rabatten fiel sie vor mir auf die Knie. Wie eine Ertrinkende klammerte sie sich an meine Cordhose und heulte mit heißer Stimme in meinen *Coq sportif*-Pulli: »Ich bin ein Gehirn in einer durchsichtigen Kapsel.« Ich tätschelte ihr das Haupt und dachte, ich werd nicht wieder. »Meine Gliedmaßen sind so dünn wie Streichhölzer«, schluchzte sie. Das Schlimmste an der Sache war, ich hätte meinen Schulfreunden niemals davon erzählen können. Die hatten nämlich normale Familien.

Ein paar Tage nach der Nummer auf dem Dach hielt meine Mutter mit ihrer Frauengruppe ein Selbstbefriedigungsseminar bei uns in der Küche ab. Sie heizte den nackten, mit Handspiegeln und Q-Tipp-Stäbchen ausstaffierten Teilnehmerinnen mächtig ein. »Mädels, ihr seid nicht frigide! Ihr wisst nur nicht, wie es geht! Zieht die Labien auseinander und dann los. Kreisen, kreisen. Immer kreisen. Ja! Spürt ihr, wie es euch kommt? Schneller, schneller, huh, huh, huh! Und jetzt rein mit dem Stäbchen. Bis zum G-Punkt.« Unterdessen hörte ich mir im Wohnzimmer schon zum siebten Mal die *Peter und der Wolf*-Platte an. Ich drehte den Lautstärkeregler voll auf und quetschte mein Ohr an die Box. Trotzdem drang das fanatische Gestöhne meiner Mutter zu mir durch: »Huh, huh, huh, reiben, reiben, weiter reiben. Wir erforschen die G-Punkt-Stimulation.«

Kurz bevor die Frauen mit Hilfe ihrer Q-Tipp-Stäbchen den Orgasmus erreichten, kam mein Vater mit seiner Aktentasche und neuer Seidenkrawatte rein. »Renate, was ist hier los?« Fünf schwitzende Fummeltrinen mit gespreizten Beinen und Q-Tipp-Stäbchen dazwischen kippten vor Schreck nach hinten über. »Wir befriedigen uns selbst.«

Mein Vater hatte gerade bei *Hornblower & Fischer* als Broker angefangen, weswegen er nach außen hin einen adäquaten Eindruck vermitteln musste. Er wollte Gartenpartys mit Campari im Tennisdress und eine repräsentative Ehefrau mit Außenwelle. Damit war er bei Mutter definitiv an der falschen Adresse. Sie konnte ja nicht mal kochen. Nachdem die Frauen mit rot glühenden Ohren und unverrichteter Dinge abgedampft waren, mixte er sich zum Runterkommen an der Hausbar einen Sundowner mit perfektem Farbverlauf. Nach dem ersten Schluck meinte er: »Renate! Du bist eine Vollkatastrophe!«

Inzwischen hatte sich meine Mutter ihren festlichen Sari mit den Goldpailletten übergeworfen und zog sich ihre großen Kreolen in die Ohrläppchen.

»Tatsächlich? Nur weil ich verhindere, dass all die unbefriedigten Frauen eines Tages aufstehen und einen Krieg anzetteln?«

Mein Vater holte ein paar Mal tief Luft, ganz so, wie er es bei seinem Managerseminar gelernt hatte. Dann, als ginge es um das Geschäft seines Lebens: »Wir sollten reden.«

Gleich darauf saßen meine Eltern am Küchentisch, ich hockte im dunklen Garten auf der Schaukel und beobachtete Grashalme im weißen Mondenschein. Als die Stimmen meiner Eltern immer lauter wurden und trotz geschlossenem Fenster langsam, aber sicher das friedliche Amselgezwitscher übertönten, sprang ich ab und legte mich im Durchgang zur Küche auf den Teppich. Ich dachte, vielleicht beruhigt meine Anwesenheit sie etwas. Mein Vater stand ziemlich unter Strom. Zwischen seinen Zähnen presste er hervor: »Renate, entschuldige, dass ich das so sage. Aber du bist vollkommen irre und eine abscheuliche Mutter!«

Zur Entspannung zündete sie sich schnell einen von indischer Kinderhand gedrehten Bidi an. Dann schrie sie auch schon los: »Scheiße, meinst du mich damit?«

»Wen denn sonst?«

»Und warum bitte bin ich irre?«

»Ich bräuchte Jahre, um dir alle Gründe aufzuzählen. Es ist ja nicht nur so, dass du hier mit deinen vertrockneten Jungfern in unserer Küche rumwichst, sondern …«

»Scheiße! Was soll das denn heißen?«

Die Augen meines Vaters quollen fast aus seinem Kopf.

»Wie würdest du das denn bitte sonst bezeichnen, was hier mit den Q-Tipp-Stäbchen abgezogen wurde? Die haben sich die Dinger ja bis zum Anschlag in die Löcher gestopft.«

»Bis zum G-Punkt, mein Lieber! Bis zum G-Punkt!«

Meine Mutter verschränkte beleidigt die Arme vor der Brust, wobei sie sich mit dem glühenden Bidi ein paar runterhängende Haarsträhnen versengte. Mein Vater hingegen legte seine Arme rechts und links auf die benachbarten Stuhllehnen und demonstrierte männliche Überlegenheit.

»Ich weiß, was ich gesehen habe.«

»Und wenn schon? Ich will ihnen ja nur helfen, endlich die Freuden eines Höhepunktes zu erleben. Ihr Männer seid ja offenbar nicht in der Lage dazu. Ihr glaubt ja noch immer an den vaginalen Orgasmus. Na, dann bumst mal schön weiter! Zu deiner Information kann ich dir allerdings verraten, dass die Vagina genauso wenig Nerven hat wie der Dickdarm. Also gar keine! Da muss ›man‹ schon zielgenau mit seinem Penis den richtigen Punkt treffen. Und ich kann dir sagen: Du weißt definitiv nicht, wo der ist!«

»Renate, das ist widerwärtig.«

»Ach ja? Ist dir das peinlich? Du hast wohl vergessen, wo wir uns kennengelernt haben?«

»Das ist es ja gerade! Ich will es vergessen!«

Mein Vater kippte sich sein Glas mit Campari so voll, dass die rote Flüssigkeit überschwappte und auf den cremefarbenen Teppich tropfte. Dann noch eins. Und noch eins. Meine Mutter qualmte hektisch ihre handgerollten Bidis.

»Scheiße! Warum?«

»Weil das ein Haufen Kacke ist.«

»Wo?«

»Guck dich doch an! Du hängst noch voll drin in diesem pubertären Gefasel von sexueller Befreiung und Erleuchtung durch multiple Orgasmen! Ich kann nicht mit einer Frau zusammenleben, die glaubt, man könne Kriege mit Hilfe von Sex vermeiden, weil sie lediglich das Resultat einer ›Hormonstörung‹ seien.«

»Ich habe es ja erlebt! Im Gegensatz zu dir. Du mit deinen verschissenen Potenzproblemen.«

»Was denn für Potenzprobleme?«

Unter dem Tisch zitterten die gebräunten Füße meines Vaters in den kakifarbenen Espandrilles. Meine Mutter riss die Augen auf.

»Darf ich mal bitte laut lachen?! Diese Schande wirst du ja wohl kaum vergessen haben. Damals, bei Timothy, als wir alle vögelten, als ob es kein Morgen gäbe, standest du nur traurig in der Ecke rum und hast hilflos an deinem schlaffen Würstchen rumgedrückt. Diesen entwürdigenden Anblick werde ich nie vergessen. Vor allem vor dem potenten Timothy war mir das so was von unangenehm. Ich meine, er wird sich schon gefragt haben, warum ausgerechnet ich mit einem impotenten Typen liiert sein muss.«

»Na und? Diese temporäre Ernüchterung – von der du da gerade sprichst – lag ausschließlich an seinem kranken Tantra-Gefasel. Ich habe jetzt noch diese Nölstimme im Ohr.«

»Nölstimme?! Timothy war ein angesehener Harvard-Psychologe!«

»Oh, Verzeihung! In dem Fall hätte ich natürlich eine Erektion haben müssen.«

»Tja, ich für meinen Teil war feucht. Aber so was von feucht! Schließlich war er ein Intellektueller!«

»Wach auf, Renate! Er hat armen Theologiestudenten Acid-Cola in Kelchen verabreicht, als handle es sich dabei um das Originalblut von Jesus Christus. Was meinst du wohl, warum er das gemacht hat?«

Plötzlich guckte meine Mutter unsicher und ihre Stimme rutschte eine Oktave höher: »Um uns Frauen im Namen der Liebe zu befreien?«

»Sag mal, hast du ein Brett vor dem Kopf? Der Typ wollte schlicht einen wegstecken, seine perversen Sexspielchen abziehen.«

»Die waren hinduistisch.«

»Ist doch scheißegal! Am Ende ging es für ihn darum, seine irisch-katholischen Komplexe mit halluzinogenen Drogen als Religionsersatz zu besänftigen!«

»Du hast doch auch mitgemacht … Zumindest hast du es versucht.«

»Ich war acht Jahre jünger als du!«

»Hättest du damals einen Höhepunkt gehabt, würdest du heute anders darüber denken.«

»Er hat uns verarscht! Schnall es doch endlich!«

»Hat er nicht.«

Inzwischen lallte mein Vater ziemlich. Um sich zu sammeln, faltete er die Hände auf der orangefarbenen Wachstuchdecke und schloss die Augen. Dann nahm er die Hände wieder auseinander, fummelte seinen Ehering ab und warf ihn auf den Tisch, dass er auf der anderen Seite gleich wieder runtersprang.

»Im Übrigen habe ich eine zweite Familie … gegründet. Vor ungefähr drei Jahren …«

»Was hast du?«

»Eine weitere Frau und noch zwei Kinder.«

Meine Mutter schoss vom Küchenstuhl hoch, mit der Stirn gegen die gläserne Hängelampe. Das merkte sie gar nicht. Ihr Körper vibrierte so stark, dass ihre nackten Fußsohlen nicht mal mehr den Boden berührten. Mein Vater versuchte vergeblich, sie an ihrem reich bestickten Sari wieder runterzuziehen.

»Renate, sei doch vernünftig!«

Sie riss ihren Arm weg.

»Fass mich nicht an, du Faschistenschwein!«

Und in der Bewegung drosch sie ihm mit Wucht den Kerzenständer aus Messing ins Gesicht. Mein Vater blieb wie ein braver Crash-Test-Dummy sitzen.

»Bitte beruhige dich, Schätzchen.«

Sie kreischte: »›Schätzchen‹? Hast du den Arsch offen?!«

»Könntest du dich bitte beruhigen!«

Mein Vater sah rüber in meine Richtung.

Ich hockte erstarrt auf dem Boden. Das Blut floss über seine Augenlider und die Wange, runter auf seine Knie und den Teppich.

Er zeigte auf mich, doch meine Mutter schien das erst recht in Rage zu bringen.

»Wie soll ich mich beruhigen, wenn mir der Herr des Hauses gerade eröffnet, dass er längst eine zweite Scheiß-Familie gegründet hat, obwohl er ja angeblich nie Zeit hatte, sich um seinen eigenen Sohn zu kümmern? Ich hätte arbeiten gehen können, um mich selbst aufzuwerten, während du diese Hure in der Missionarsstellung gebumst hast. Vermutlich habt ›ihr‹ sogar einen Scheiß-Hund.«

»Einen Labrador.«

Ganz offenbar hatte mein Vater null Selbsterhaltungstrieb. Er wankte auf seinem Stuhl vor und zurück und versuchte, sich an seinem halbleeren Longdrink-Glas festzuhalten.

»Du Scheiß-Chauvinistenwichser! Ich knall euch alle ab. Dich und deine Scheiß-Zweitfrau. Deine verfickten Kinder und den Fotzen-Hund töte ich auch. Alle knalle ich ab und dann fresse ich euch auf. Mit eurer Scheiß-Haut und euren Scheiß-Haaren und euren scheißegefüllten Gedärmen.«

Mein Vater klopfte hilflos auf die blutverschmierte Tischplatte. »Es ist wohl besser, wenn ich jetzt gehe.«

Er stand taumelnd auf und meine Mutter trat ihm mit Schwung in den Hintern, sodass er an mir vorbei bäuchlings auf seinem Lounge Chair landete, wo er bewegungslos liegen blieb. Meine Mutter beugte sich zu ihm herunter mit in die Seiten gestemmten Fäusten.

»Habt ihr zufällig auch ein Kindermädchen, damit sich deine ›neue‹ Frau mit Elan um die ›gesellschaftlichen Verpflichtungen‹ kümmern kann? Wahrscheinlich! Denn für unser Kindermädchen war ja kein Geld mehr da!«

Nachdem mein Vater mir an diesem Abend einen blutigen Abschiedskuss auf die Stirn gedrückt hatte, floh er humpelnd hinaus in die Nacht. »Mach's gut, mein Junge.« Ich nickte und sah seinen hellen Hemdrücken in der Dunkelheit des Gartens verschwinden, als würde er im Morast versinken. Er war weg. Auf dem Weg zu seiner neuen Familie.

Zur Beruhigung setzte sich meine Mutter sofort eine Flasche Bourbon an den Hals und trank sie in einem Zug aus. Unterdessen hatte ich mich in meinem Schlafanzug mit den orangefarbenen Kühen und den violetten Wolken ins Bad verdrückt und putzte mir die Zähne. Als ich in mein Kinderzimmer zurückkam, wankte meine Mutter schon unter der bunten Deckenlampe aus gefaltetem Papier herum und zündete sich gleich zwei Bidis auf einmal an.

»Ich fasse es nicht. Ich fasse es einfach nicht. All die Jahre habe ich mich von diesem Scheiß-Chauvinistenschwein unterdrücken lassen. Wegen ihm habe ich meine Karriere als Fotografin sausen lassen. Er wollte ja unbedingt ein Kind! Und jetzt das! Ich sage dir, Joshua, ich bringe ihn und seine Scheiß-Familie um. Ich schlitze sie alle auf. Ich löffle ihnen die Augen aus. Ich schneide ihm seinen mickrigen Würstchen-Schwanz ab und jage seiner Frau einen Dolch unten in ihre schmutzige Wirtschaftswunder-Fotze rein. Und du hilfst mir dabei!«

Als ich mich selbst zugedeckt hatte, rutschte sie auf der Bettkante nah zu mir heran und drückte ihre glühenden Tabakröllchen auf dem Rücken meiner selbstgetöpferten Schildkröte aus, die auf dem Nachttisch stand. Mit ihrer kalten Hand strich sie mir psychotisch das Haar aus der Stirn.

»Joshua, es ist traurig, aber dein Vater ist psychisch zu schwach, um das, was er an bewusstseinserweiternden Erfahrungen gesammelt hat, tragen zu können. Er hat sich für den Rückschritt entschieden. Das können wir nicht länger akzeptieren.«

Ich nickte und griff mir meinen Freund, den grün-lila gestreiften Plüschfisch mit den riesigen Glupschaugen. Ich war sieben Jahre alt, zu jung, um zu begreifen, dass mein Vater eine »reaktionäre Sau« und ich kein Einzelkind mehr war. Nun hatte ich noch eine Halbschwester und einen Halbbruder dazubekommen, die gar nicht weit von uns in einem Bungalow mit Swimmingpool und Labrador wohnten.

Eine Woche später zog dann plötzlich eine gewisse Ina samt zehnjähriger Tochter Bettina und einem Haufen Jutetaschen bei uns ein. Von da an schliefen meine Mutter und ihre »neue Freundin« oben im Ehebett und waren von morgens bis abends damit beschäftigt, sich an intimen Stellen zu liebkosen. »Wir Frauen müssen erst wieder lernen, unseren Selbstwert anzuerkennen.« Wenn ich traurig durch den Türspalt zu ihnen hineinsah, keifte Ina sofort los: »Junger Mann, glotz nicht so! Du kommst wohl nicht damit klar, dass deine Mama und ich die kulturell erzwungene Heterosexualität unterwandern und das männliche Sexmonopol zerschlagen?!«

Noch heute sehe ich die beringte Hand meiner Mutter auf Inas nackter Riesentitte liegen. Ein paar Wochen später kam noch eine schwangere Frau dazu, die meine Mutter am Infostand der Grünen aufgetan hatte und die ununterbrochen Norwegerpullis strickte. Sie schien mir etwas unterbelichtet zu sein. Ständig vergaß sie, für mich den Frühstückstisch mit zu decken. Meinen Vater sah ich tatsächlich nie wieder. Ich kannte nicht einmal seine Telefonnummer. Meine Mutter war immer der Auffassung gewesen, weitere Begegnungen würden mich nur »unnötig traumatisieren«.

Drei

Oben im Schlafzimmer hob ich die Fernbedienung vom geflochtenen Strohteppich auf, der an allen Ecken auseinanderfiel. Sally Raphael war mit ihrer Talkshow am Ende. Im gelben Kostüm, mit einem Haufen blauer Karteikarten in Händen, stand sie inmitten des Publikums: »For some of us sexual assault is the equivalent of rape, other people think it needs more than that. Raped men – tomorrow at the Sally Jessy Raphael's …« Ich drückte auf den blauen Power-Knopf, mit einem Switchen verschwand das gelbe Kostüm im schwarzen Kasten. Über dem zerwühlten Bettzeug meiner Mutter lag die bunte Patchwork-Häkeldecke. Ich zog sie am Fußende glatt und ging wieder nach unten, den Flur hinunter, auf die Toilettentür zu.

»Mama?«

Sie antwortete nicht.

»Mama?«

Ich drückte mein Ohr an die geschlossene Tür und lauschte. Die hellgrüne Farbe blätterte unter meinen Fingerspitzen, nichts. Gerade als ich überlegte, die Tür einzutreten, um diesem Wahnsinn ein Ende zu bereiten, brüllte sie von der anderen Seite:

»Joshua! Ich brauche einen Bourbon! Und zwar sofort!«

So war sie, meine Mutter.

»Alles klar. Ich bringe dir einen.«

»Legst du mir noch eine Platte auf?«

»Jetzt?«

»Ja, natürlich, jetzt. Wann denn sonst?«

»Na, wenn du wieder aus dem Klo raus bist.«

»Ich komme nicht mehr raus … Bill ist tot.«

»Wer war denn das überhaupt?«

Meine Mutter brüllte noch etwas lauter.

»Ein Heiliger! Er allein hat mich vom Acid runtergeholt, auf das mich diese Pissnelke Timothy draufgebracht hatte. Dieser Scheiß-Chauvinistenwichser … Im Namen der Liebe hat er uns Frauen zu perversen Sexspielchen getrieben. Er hat uns benutzt, ausgelutscht und weggeworfen. Wir waren nichts als billige Plastiktüten für ihn. Manchmal hat er mich sogar so genannt: ›He, Plastiktütchen, komm mal her.‹«

Meine Mutter brüllte weiter und ich reichte ihr das gefüllte Glas durch den Türspalt in die dunkle Toilette.

»Falls es dich interessiert: Dieser Leary-Arsch hat mich mit Tripper infiziert!«

Um sie zu beruhigen, betrieb ich ein bisschen Konversation:

»Wann hast du Bill denn zum letzten Mal gesehen?«

»Weiß ich nicht. Vor zwanzig Jahren vielleicht.«

»Aber danach hast du doch noch LSD genommen.«

»Scheiße! Wovon redest du?«

»Damals, als du auf dem Dach standest und dachtest, du wärst dein Gehirn.«

»Das war ein verdammter Rückfall. Danach habe ich Bill sofort in Kalifornien angerufen und ihn gebeten, mir Kraft und Vernunft über den großen Teich zu schicken.«

»Scheint bestens funktioniert zu haben.«

Sie schrie: »Scheiße! Suchst du Streit?«

Ich schüttelte den Kopf.

»Dann such mir wenigstens die Platte von meinen Freunden, den *Grateful Dead*, raus!«

»Sehr gerne.«

In meinen grünen Chucks ging ich zurück über die knarrenden Dielen, den Flur runter und fragte mich, warum ich überhaupt noch nach Hause gekommen war. Es war nur wieder einer dieser vielen grauenhaften Tage. Das war doch kein Leben, was ich hier führte. Das war schwerste Unterdrückung. In letzter Zeit musste ich mir dauernd vorstellen, wie ich mich zur Wehr setzte. In meiner Fantasie stopfte ich meiner Mutter eine Wassermelone in den Mund und umwickelte das Ganze mit Paketklebeband. Mein Problem war nur, ich war von ihr zum vollwertigen Pazifisten erzogen worden. Zum gläsernen Kind. Gesellschaftlich und öffentlich einsehbar. Nicht mal das Vertreten meiner eigenen Person war mir gestattet worden. »Das ist asozial!«

Meine Mutter brüllte durch die geschlossene Klotür: »Der Song heißt *Good Morning little Schoolgirl.*«

»Und wie sieht das Plattencover aus?«

»Da sind so ein paar langhaarige Jungs vor einem Atompilz drauf.«

Ich schlurfte rüber ins Wohnzimmer, Richtung Plattenstapel, und kniete mich auf den Perserteppich, von dem meine Mutter behauptete: »Den hat Janis mir vermacht.« Selbstredend war sie es auch gewesen, die ihre gute Freundin tot im Hotelzimmer aufgefunden hatte. »Pearl sah schlimm aus. Überall diese Kotze in den krausen Haaren.« Und meine Mutter war auch dabei gewesen, als Janis gesamtes Bargeld Minuten nach ihrem Tod von ihren zweihundert besten Kumpels versoffen worden war. »So hatte Pearl das verfügt. Sie war Scheiße noch mal unsere Anführerin!« Von mir aus. Ich legte trotzdem die *Cocker Happy* auf.

Es knisterte aus den Boxen, gefolgt von Orgelmusik. Ich verschwand rüber in die Küche und krächzte mit dieser heiser-traurigen Stimme mit. *When the things you said cut me like a knife ... To think I once took you for my wife. Do I still figure in your life*? Ich hätte das Stück im Schlaf krächzen können. Überhaupt hätte ich die gesamte Rock 'n' Roll-Geschichte im Schlaf krächzen können.

In meiner Kindheit hatte ich nichts anderes zu hören bekommen als Blues, durchmischt von psychedelischem Gewimmer und ein bisschen Reggae. Dazu verströmten in den Zimmerecken Bündel von Räucherstäbchen ihren betörenden Duft. Einmal wurde ich sogar während hinduistischer Rituale mit indischen Pigmenten gesalbt und gezwungen, die von meiner Mutter getöpferte Plastik der Hindu-Göttin Saraswati zu küssen. »Sie symbolisiert die weibliche Kraft!« Besonders gerne hatte sich meine Mutter barfüßig und im Sari auf dem Teppich rumgewälzt und bis zur Ekstase mit Fingerzimbeln gebimmelt. »Die Klänge tragen mich direkt ins Nirwana.«

Ich stellte den Ofen an und schlurfte zurück in den Flur.

»Willst du auch eine Tiefkühlpizza?«

»Weiß nicht.«

In vier Stunden wollten die Corpsbrüder kommen und meinen Kram rüber ins Wohnheim schaffen. Raus aus diesem Irrsinn. Rein in die Selbstbestimmung. Hauptsache, meine Mutter eröffnete denen nicht, wie alt ich in Wahrheit war – wenn sie es überhaupt wusste. Ich sah mich schon glücklich im Kreise meiner Brüder sitzen. Einer für alle. Alle für einen. Nie mehr allein. Party, Party, Party!

Vorher aber war noch die Redaktionskonferenz unserer Schülerzeitung »Gänscha« angesetzt. Ich schrieb dafür die Gedichte. Meist drehten sie sich um kindliche Destruktivität und Selbstzerstörung. Neulich hatte ich eine Story über ein kleines Mädchen verfasst, das alleine einen Strand hinunterläuft. Es ist ziemlich windig, das Mädchen sammelt Muscheln und an Land gespülte Krebse, denen sie die Beine ausreißt. Die bringt sie der Mutter mit. Anschließend schneidet sie sich mit dem Brotmesser die Kehle durch.

Nachdem die Geschichte in der letzten Gänscha-Ausgabe erschienen war, hatte mich mein Biolehrer Herr Lemper vor den Vitrinen mit den konservierten Fehlgeburten abgefangen und mit triefigem Blick gemeint: »Du hast ja ziemlich düstere Gedanken, Joshua.« Ich hatte mit den Schultern gezuckt und gleich eine neue Geschichte über einen kleinen Jungen geschrieben, der mit Deckfarben einen Schwan malt, der so irre schön ist, dass der kleine Junge ihn sofort wieder zerstört, bevor es jemand anderes tut. Am nächsten Morgen zwingt ihn die Mutter, sich nur im Unterhemd vor die Schule zu stellen und allen Schülern einen »Guten Morgen« zu wünschen. Britta aus der Elften hatte dazu ihre ausgeflippten Bilder von Leuten mit drei Köpfen und zehn Augen gemalt. Die anderen Redaktionsmitglieder schrieben Berichte über Antifa-Projekte oder über das besetzte Haus, in dem sie lebten.

Ich war auch Mitglied in der Schülervertretung, wobei mir bis heute nicht ganz klar ist, wie das hatte passieren können. Irgendwer hatte mich zur Wahl aufgestellt, ohne dass ich es mitbekommen hatte. Vermutlich Swantje aus der Parallelklasse. Ihre Haare waren grün, und sie trug eine ungeputzte Nickelbrille. Meine Aufgabe als SV-Mitglied war, pappig schmeckende Müslibrötchen beim Ökobäcker zu bestellen, um sie oben im SV-Raum an hungrige Schüler zu verkaufen. Unterdessen hackte Swantje hinter mir mit der Schreibmaschine Pamphlete aufs Papier. Sie erzählte mir, dass in dem besetzten Haus Heizholz geklaut und die Fenster eingeschlagen wurden. Ich vermute, sie spekulierte darauf, bei mir wohnen zu dürfen. Meine Mutter wäre vor Glück durchgedreht. »Oh, wie groovy! Endlich wieder ein verlorenes Mädchen.«

Seitdem bei uns nicht mehr jeden Dienstag und Freitag im Wohnzimmer die Frauengruppe stattfand, hatte meine Mutter vollkommen den Bezug zur Realität verloren. Wobei das, was bei den

Sitzungen an gesellschaftlicher Realität an sie herangetragen worden war, an Dämlichkeit kaum noch zu überbieten war: »Schwestern, das Familien-Ghetto muss gesprengt werden!« Überflüssig zu erwähnen, dass die meisten von den »Schwestern« ihr persönliches Familien-Ghetto längst gesprengt hatten und sich nun darüber auskotzten alleinerziehend zu sein. »Ich sage euch, Mädels: Yoko hatte vollkommen recht! Woman is noch immer the nigger of the world.«

Nachdem meine Mutter kurz nach dem Mauerfall die Goa-Partys auf dem Land für sich entdeckt hatte und dauernd verstrahlte Psy-Trance-Freaks mit riesigen Pupillen zur Frauengruppe einlud – »Ich will ihnen doch nur zeigen, dass Frauen auch Menschen sind« –, hatten sich ihre Schwestern enttäuscht von ihr abgewandt und in der Innenstadt ein Vollkorn-Bistro mit Frauennetzwerk gegründet. »In Gegenwart von Männern trauen wir uns nicht, frei zu sprechen.« Also ballerte sich meine Mutter umso intensiver bei besagten Trance-Festivals mit MDMA oder Magic Mushrooms ihren Verstand weg und lernte Feuer-Diabolo und Didgeridoo zu spielen. Bis sie im letzten Sommer auf Pille zu einem Typen ins Auto gestiegen war, der versucht hatte, sie im Atropin-Rausch umzubringen. »Ich will nicht darüber reden!« Erst drei Tage später hatte ein Förster sie mit Schnittwunden übersät und halb verhungert aus dem Unterholz geklaubt. Auf der Fahrt ins Krankenhaus hatte meine Mutter unter der Beatmungsmaske gemurmelt: »Das kommt davon, wenn man in der Kindheit seiner Lebendigkeit beraubt wurde. Da ist man bis ins hohe Alter auf der Suche nach ein bisschen Liebe.«

Britta, das andere Mädchen aus dem besetzten Haus, litt seit Neuestem an der Krätze. Beim Schlafen auf einer gammligen Sperrmüllmatratze waren die Viecher auf sie übergesprungen. Ständig kratzte sie sich am verschorften Handgelenk und verteilte ihre Hautschüppchen im gesamten SV-Raum. Wenn ich gerade keine Müslibrötchen verkaufte, hielt sie mir die untertunnelte Körperstelle unter die Nase und meinte: »Kannst du mich mal bitte kratzen?«

Als ich den Ofen abgestellt und im Stehen die Pizza aufgegessen hatte, ging ich den Flur wieder hinunter, bis zur Toilettentür. Vor den schwarzweißen Fotos hielt ich an und spiegelte mich im Glas. Ich guckte mir in die Augen und versuchte zu begreifen, dass es für mich nur dieses eine Leben gab. »Du bist es, Josh, mein Junge.« Dann gab es wieder ein Lebenszeichen von meiner Mutter: »Gut, ich nehme eine Pizza.«

Auf den Fotos an den Flurwänden tanzten Leute in wallenden Gewändern mit riesigen Pappmaché-Köpfen in einer Parkanlage. Im Vordergrund wurde ein bärtiger Typ von Polizisten eine provisorische Bühne runtergezerrt. Das Publikum grölte und warf entrüstet mit Obst und Gemüse. Daneben hing noch ein Bild, auf dem der bärtige Typ in Handschellen abgeführt wurde. Weiter hinten, am Rand der Bühne, lehnte ein eleganter junger Mann im Dreiteiler und Hut. Von dort aus hatte er mich direkt im Blick. Plötzlich tippte der Zeigefinger meiner Mutter auf das Glas.

»Das ist Bill.«

Ich kriegte einen leichten Anfall von Herzrhythmusstörungen.

»Hast du mich vielleicht erschreckt! Ich dachte, du bist im Klo!«

Sie schielte mich an, ihre Augen waren voller Tränen.

»Ich bin am Ende.«

Das war sie, seit ich sie kannte. Sie flüsterte: »Bis heute hat mich die stille Hoffnung getragen, es gäbe ein Zurück.«

»Wohin?«

»Nach Kalifornien. Zu meinem geliebten Bill. Doch jetzt ist er kaputt. Verbrannt. Zerschellt im Wüstensand.«

So als sei das hier nun doch die lang ersehnte Wiedervereinigungsszene, nahm meine Mutter plötzlich mein Gesicht in beide Hände. Ihre Fingernägel streiften die klaffende Wunde auf meiner Wange. Aber das merkte sie gar nicht. Dafür durchbohrte mich schon wieder ihr manischer Blick.

»Kannst du mir noch einen letzten Gefallen tun?«

»Welchen?«

»Besorg mir Dope.«

Und schwups! drehte sie sich wieder auf den Teerabsätzen um und verschwand türenknallend in ihrem neuen Refugium. Ich schrie: »Ich werde noch heute ausziehen, und zwar in das Wohnheim der TEUTONIA ASCANIA.«

»Sei nicht albern! Du studierst doch noch gar nicht!«

»Na und? Das wissen die doch nicht!«

»Joshua, mein Junge! Es wäre wirklich nett, wenn du ausnahmsweise ein wenig Rücksicht auf mich nehmen könntest. Wie ich dir ja bereits mitgeteilt habe, ist meine große, meine einzige Liebe beim Hubschrauberabsturz in eine Hochspannungsleitung verstorben.«

Ich ging näher an die Tür heran. Im Laufe meines Lebens hatte ich begriffen, dass es nichts brachte sich aufzuregen. Ich hatte gelernt, ruhig und gelassen zu bleiben, ohne mich in den Vordergrund zu spielen. Ich war dazu geboren worden, all die männlichen Verbrechen, die je am weiblichen Geschlecht verübt worden waren, zu sühnen. Also sagte ich: »Und wo wohnt dieser Drogentyp?«

»Im Sperlingsweg 12.«

»Und wie heißt er mit Nachnamen?«

»Keine Ahnung.«

»Ich denke, das ist ein uralter Freund von dir.«

»Na und? Kennst du all deine Freunde mit Nachnamen?«

»Ja.«

Ich sah auf meine Uhr. Ich hatte noch knapp zwei Stunden Zeit, bis die Gänscha-Redaktion eintreffen würde, um die Inhalte der nächsten Ausgabe zu besprechen. In direktem Anschluss würden die Corps-Brüder mit ihrem Kleinlaster kommen. Ich hatte ein paar Bedenken, was passieren würde, wenn die Gänscha-Partei auf den politisch unkorrekten Corps treffen würde.

»Ich will eigentlich nichts Verbotenes tun«, rief ich.

»Verhaftungen können auch ihr Gutes haben. Die, die da von mir auf dem Foto festgehalten wurde, war für meinen Bill ein Zeichen des Himmels, wenn du so willst. So sieht einer aus, der gerade eine astreine Erleuchtung hat. Die Aura erstrahlt in allen Farben.«

»Das ist ein schwarzweißes Foto.«

»Na und? Sei nicht so bourgeois.«

Ich ging ganz dicht heran. Da war keine farbige Aura. Ich sah lediglich einen Menschen mit sorgenvollem Blick, der offenbar nicht wusste, was er machen sollte. Genau wie ich.

Zu meinem dreizehnten Geburtstag hatte ich mir aus Protest gegen meine Mutter einen Soldaten mit Maschinengewehr und Marschgepäck auf den Unterarm tätowieren lassen. Sie war darüber nicht sonderlich entsetzt gewesen. Sie hatte lediglich gemeint: »Groovy! Auf diese Weise befreist du dich von deiner männlichen Seite.«

»Dieser Bill sieht hilflos aus.«, rief ich.

»Ja, äußerlich. Aber unterbewusst durchzuckt ihn gerade die Gewissheit, der größte Rock-Promoter aller Zeiten werden zu müssen.«

»Bist du sicher?«

»Schätzchen, ich war seine verdammte Ehefrau! Wie du weißt, hatten wir sogar ein Kind zusammen …«

»Hä?«

»Nun tu doch nicht so.«

Meine Stimme überschlug sich: »Heißt das, ich habe noch mehr Geschwister?«

»Das habe ich dir doch schon längst erzählt.«

»Hast du gar nicht!«

»Könntest du jetzt bitte dieses Thema ruhen lassen? Ich will nicht darüber reden! Okay? Es ist traumatisch! Alles klar?«

»Alles klar.«

Wie alles im Leben meiner Mutter.

»Holst du mir jetzt bitte endlich mein Dope!«

»Nein. Denn das macht dein Gehirn nur noch mehr kaputt.«

»Du klingst wie Bill. Mit seinem Klemmbrett hat er sich auch immer vor mich hingestellt und gemeint: Was genau soll daran eigentlich lustig sein? Und ich habe gesagt: ›Sei froh, dass ich vom Heroin runter bin.‹«

»Du hast Heroin genommen?«

Auch das war neu für mich.

»Wer hat das nicht?«

»Keine Ahnung … Bill?«

»Er hat überhaupt nichts genommen.«

»Dann nimm dir ein Beispiel an ihm.«

»Hallo! Er ist tot! Soll ich jetzt auch sterben?«

Da hatte sie auch wieder recht. Ich sah ihn mir noch mal genau an. Tatsächlich machte er einen ziemlich sorgenvollen Eindruck und ich bekam philosophische Anwandlungen. Mir schien, irgendetwas verband uns. Und wenn es nur der sorgenvolle Blick war. Die Stimme meiner Mutter drang dumpf zu mir durch: »Er hatte eine schwere Kindheit.«

Das war es also.

»Wegen dieser Scheiß-Nazis musste er aus Berlin zu Fuß quer durch Europa fliehen! Ich, als seine Ehefrau, hätte ihm natürlich gerne geholfen, mit seiner Vergangenheit klarzukommen. Ich dachte, irgendwie muss er sich doch seelisch befreien. Ich habe zu ihm gesagt: ›Bill, lass es raus! Erzähl mir von deinen Gefühlen auf diesem endlosen Marsch.‹ Aber er meinte nur bockig: ›Ich kann mich an nichts erinnern.‹«

»Beneidenswert.«

»Weißt du, was mich an dir so fertig macht?«

»Nein.«

»Deine totale Ignoranz der Geschichte gegenüber! Ich habe mit Heinrich Himmler schon an einem Tisch gesessen, da …«

»Ja?«

»Ihr jungen Leute habt einfach kein politisches Bewusstsein mehr.«

»Weil ihr uns die ganze Zeit damit zuquatscht. Irgendwie muss man sich ja schützen.«

Ich starrte auf das Bild an der Wand und versuchte, mich in diesen Bill hineinzuimaginieren. Wie er sich an diesem sonnigen Tag im Park, zu dieser Sekunde gefühlt haben musste. Um ihn herum all diese Leute, die Blumen im Haar hatten und mit Nahrungsmitteln um sich schmissen. Er hatte ja nicht ahnen können, dass er fünfundzwanzig Jahre später sterben würde. Nun hätte ich es ihm sagen können. Irre. Meine Mutter klopfte von innen an die Toilettentür.

»He! Bist du noch da?«

»Ja, aber ich gehe jetzt. Falls ich nicht zurück sein sollte, bevor die Redaktion kommt, musst du ihnen aufmachen.«

»Ausgeschlossen. Ich gehe hier nie mehr raus.«

»Und womit willst du dir bis zu deinem Tod die Zeit vertreiben?«

»Keine Ahnung.«

»Das kannst du auch hier draußen haben.«

»Ich muss mit Bill auf spiritueller Ebene in Verbindung treten.«

»Ich gehe dann mal.«

Ich hörte, wie die Klospülung betätigt wurde, und wünschte, ich hätte eine andere Mutter. Ich schlurfte den Flur hinunter, durchs Wohnzimmer in die Küche. Über der Sofalehne und den Kissen lagen ihre selbstgestrickten Pullover und Socken. Auf dem Boden stapelten sich alte *Natur*- und *Emma*-Ausgaben, Zeitungen, Fotos und indische Gegenstände.

Einmal hatte ich meine Mutter um etwas Mithilfe im Haushalt gebeten. »Heb wenigstens deinen angebissenen Apfel auf.« Worauf sie mich am Kragen zum Kühlschrank gezerrt hatte, auf dessen Tür sie mit grünem Edding ihren Lieblingsslogan von Simone de Beauvoir notiert hatte. »Ich bin der Knechtschaft der Frau entgangen, vor allem der Mutterschaft und den Hausfrauenpflichten.« Ich sagte: »Alles klar. Kein Problem.« Zwischen Simone und meiner Mutter gab es allerdings einen winzigen Unterschied: Ihr großes Vorbild hatte tatsächlich nie ein Kind gehabt.

Von draußen kam das Licht mild orange herein und floss über die Küchendielen und meine Füße. Das Laub färbte sich langsam rot. Es war ein beschissener Herbsttag.

Vier

Ich schob mein Rad aus unserer Garage und fuhr los, an den Nachbargärten vorbei, Richtung Sperlingsweg. Ich kannte den Weg, mit acht war ich dort auf einem Kindergeburtstag gewesen. Und ich wünschte, dass meine lückenlose Erinnerung wenigstens heute aussetzen würde. Ein einziges Mal – und mir stattdessen Platz für den Ausblick auf mein zukünftiges Leben als Corpsbruder schenken würde. Eine goldene Zukunft lag vor mir. Allein unter Männern. Nie wieder wollte ich nach Hause kommen. Nie wieder. Dies waren die letzten Stunden der Unterdrückung. Ich wollte eine neue, kraftvolle Identität annehmen – doch mit dem Sperlingsweg schwappte die nächste Erinnerungswelle hoch. Es war, als durchlebte ich, da, auf meinem Sattel sitzend, in die Pedalen tretend, mit der Kordel meiner Windjacke im Mund, noch einmal das zurückliegende Grauen. Der Kindergeburtstag im Sperlingsweg hatte ausgerechnet an dem Tag stattgefunden, an dem meine Mutter mit ihrem ersten, nach Schaf stinkenden Norwegerpullover fertig geworden war. »Joshua, schau mal! Der ist für dich!« Da hatte ich mich aber schon unter meinem Bett in die hinterste Ecke verkrochen. »Ich zieh das eklige Stink-Ding nicht an.« Gleich darauf hörte ich meine Mutter hysterisch kreischen und ihre Fummel-Freundin Ina zerrte mich unterm Bett hervor und scheuerte mir eine.

»Du bekackter kleiner Chauvinist! Du benötigst wohl die Demütigung der Frau, um dich selbst aufzuwerten.«

Bevor ich überhaupt den Mund aufmachen konnte, klebte sie

mir gleich noch eine. »Wage es nicht, dich zu verteidigen! Wage es ja nicht!«

Anschließend brachte sie mich an diesem sehr heißen Hochsommertag in ihrer roten Ente zum Geburtstagsfest und instruierte die Mutter des Geburtstagskindes, mir unter gar keinen Umständen zu gestatten, das Wollding abzulegen.

»Joshua muss endlich lernen, uns Frauen zu respektieren.«

Ich trat heftiger in die Pedalen, atmete ein und aus, sah die Äste mit dem orangerot gefärbten Laub auf mich zurasen, wie sie über mich hinwegstreiften, dahinter war der sattblaue Herbsthimmel. Meine Mutter, Ina und die Schwangere waren ziemlich ökologisch eingestellt gewesen. Am Küchentisch schnipselten sie bei Kerzenschein Naturschwämme in Streifen und steckten sie sich als Tampons unten rein. Nach Gebrauch wurden sie in der Spüle ausgewaschen und im Garten an der Wäscheleine zum Trocknen aufgehängt. Ich wusste längst, dass die »Hygiene-Industrie« korrupt war und die Frauen ausbeutete, indem sie für das »Notwendige« faschistoide Preise verlangten. Während der täglich stattfindenden »themenzentrierten Interaktionen« in unserem Wohnzimmer hatten die Öko-Lesben Bettina und mir eingetrichtert: »Freie und kostenlose Abtreibung für alle!«

Der Bauch der Schwangeren war trotzdem immer dicker geworden. Zum Schluss musste sie während der »themenzentrierten Interaktionen« auf dem Boden liegen und ihre geschwollenen Beine auf einem Kasten Schultheiss lagern. Bei der Gelegenheit hatte ich erfahren, dass ich froh sein konnte, überhaupt geboren worden zu sein. Meine Mutter trug eine grasgrüne Schlaghose und seufzte in die Runde: »Shit happens.«

Mit Blick auf mich meinte sie lächelnd: »Nichts gegen dich, Joshua. Aber als Mutter bist du nun mal am Arsch. Wärst du nicht gewesen, hätte ich mich mit Rainer auf eine offene Beziehung wie

Simone und Albert einigen können. Alles ganz ohne Verpflichtungen. Vermutlich wären wir dann heute noch zusammen. Aber so? Mit Kind? Da gerätst du als intellektuelle Frau mit echten Karriereabsichten total unter Psycho-Druck.«

Und Ina meinte: »Total richtig. Aber warum hast du nicht einfach die Pille genommen?«

»Weil ich ihm nicht uneingeschränkt zur Verfügung stehen wollte.«

Aus ihrer liegenden Position heraus hatte die unterbelichtete Schwangere mit wichtigtuerischer Miene bemerkt: »Eigentlich sollte man den Männern ihre beschissenen Pimmel abschneiden.«

Ich klickte meine Gangschaltung runter in den ersten Gang und strampelte keuchend die Brücke hoch, über den reißenden Fluss. Ich hätte übers Geländer springen können, rein ins trübe Wasser, mit dem Kopf auf die rausstehenden schroffen Steine, um all das Grauen in mir auszulöschen. Das hatte ich früher schon vorgehabt. Gemeinsam mit Bettina hatte ich oft hier oben gestanden und runter zu den Strudeln geguckt. Mit über das Geländer gehängten Armen hatten wir überlegt, wie es wäre, gemeinsam da drin zu sterben. Im Wasser. Hand in Hand. Überhaupt waren Bettina und ich ständig in den Wald geflohen, wenn es uns zu Hause zu krank wurde. Wir hatten uns einen windgeschützten Unterschlupf aus Blättern und Zweigen gebaut. Da krochen wir rein, zogen uns gegenseitig die Hosen runter und spielten »Adam und Eva«. Ganz archaisch, bevor es den Geschlechterkampf gab. Doch als ich eines Sonntags nach dem Aufstehen zu ihr meinte: »Bettina, lass uns in den Wald verschwinden. Die Frauen spinnen total!«, wurde sie mit einem Mal blutrot im Gesicht. Nackt hatte sie sich vor mir aufgebaut, sodass ich ihre kleine Scheide sehen musste, und brüllte mir das gesamte S.C.U.M.-Manifesto entgegen, so, als sei sie ein feministisches Medium.

»Das männliche Geschlecht ist ein einziger biologischer Unfall. Mit anderen Worten: Der Mann befindet sich in einem unüberwindlichen Zwiespalt zwischen Mensch und Affe.«

Als Bettina mit ihrem Schreianfall fertig war, gab ich zu bedenken: »Eigentlich wollten wir doch nie so bescheuert wie die Frauen werden.«

Da war sie noch näher gekommen, sodass ihr nackter Bauch beinahe mein Gesicht berührte. Mit dämonischer Stimme hatte sie geflüstert: »Du bist doch nur neidisch auf mein weibliches Genital.«

Ab dem Tag war ich total isoliert.

Ich fuhr die Brücke wieder runter, an der Pferdekoppel vorbei. Als Junge hatte ich mir einen schwarzen Hengst gewünscht, genau wie Zorro, der geheimnisvolle Rächer aus *Western von Gestern*, mit der schwarzen Maske und der Peitsche. Der konnte hervorragend fechten. Auch so ein Grund, bei den Corpsbrüdern einzuziehen. Einmal hatte ich davon geträumt, wie ich die Frauen schlimm auspeitschte, bis ihnen die Kleider blutdurchtränkt und in Fetzen vom Körper fielen. Für meine Qualen. In dieser Nacht zeigte ich ihnen, wo in Wahrheit der Hammer hing. Jetzt war die Koppel leer, nur schmale Schwaden milchigen Nebels hingen darüber. Und eine gelbe Blume stand weit hinten, ganz allein. Das war ich. Und als ich die herbstliche Allee hinunterfuhr, spürte ich wieder Inas kräftigen Griff am Oberarm.

»Raus mit dir!«

Im Morgengrauen hatte sie mich aus dem Bett in den Keller hinuntergezerrt. Der vordere Raum war komplett mit blauer Teichfolie ausgelegt worden und ziemlich überheizt. An einem Seil, das von der Decke hing, baumelte die nackte Schwangere im Angesicht des Todes. Ihr Körper war mit einem Schweißfilm überzogen, ihre langen Haare flogen in einem losen Zopf um ihre teigigen Schultern. Sie ließ ihr Becken kreisen und kreischte: »Erschießt mich doch endlich!«

Ina riss mich grob am Arm hinter sich her und schubste mich auf die glitschige Folie neben einen orangefarbenen großen Gummiball, den ich bei uns noch nie gesehen hatte. »Zieh dir rein, was ihr Männer uns Frauen seit Millionen von Jahren antut!«

Meine Mutter trug ihren geblümten Badeanzug mit den aufgepolsterten Spitzbrüsten und sprang an uns vorbei. »Geburten sind nun mal blutig. Da muss man adäquat gekleidet sein.«

Fehlte nur noch die mit Gummiblumen besetzte Badehaube meiner Oma. Meine Mutter flutschte zur Schwangeren rüber und streichelte ihr über den speckigen Rücken und zwischen den Beinen. »Du machst das ganz toll! Lass dich fallen.«

Ich wollte lieber nicht hinsehen, wie die dicke Kuh ihre Augen und das behaarte Becken rollen ließ. Das war richtig unästhetisch. Die Geburt war in vollem Gange und in der gegenüberliegenden Ecke kauerte Bettina im Nachthemd mit strähnigem Haar. Möglicherweise hatten sie ihr was gegeben. Vollkommen weggetreten wackelte sie mit dem Kopf und kaute auf ihrem Schnuffelteddy herum.

Ina blieb dicht bei mir und befahl: »Sieh dir die Schwangere im Gebärkampf an.«

Irgendwann hockte die werdende Mutter auf dem handgeschnitzten Gebärstuhl, sie schrie, keuchte und schwitzte. Sie pinkelte und blutete. Meine Mutter kroch zwischen ihren Beinen herum, um ein paar authentische Aufnahmen zu machen. »Könntest du dich vielleicht noch mal ganz nach hinten lehnen?«

Irgendwann schoss ein Schwall wässriger Flüssigkeit aus der Schwangeren heraus, dann kam das blutverschmierte Köpfchen. Für einen Moment würgte ich ein bisschen Erbrochenes hoch, doch dann erfüllte mich plötzlich ein warmes, zärtliches Gefühl.

Ich wurde begeisterter Zeuge, wie die Schwangere ihr Kind trotz Nabelschnur in die Luft hielt. Sie stotterte: »Scheiße! Es ist ein Junge.«

Ina klebte mir eine und stürzte hinter die Gebärende. Während sie ihr geübt half, auf dem wackligen Gebärstühlchen das Gleichgewicht nicht zu verlieren, als die Nachgeburt auf die Folie klatschte, schaffte sie es dennoch, mich im Auge zu behalten. »Sieh hin, du Hurensohn! Sieh verdammt noch mal hin!«

»Hallo, Kumpel!«, flüsterte ich.

Die sofort eingeleitete Kastration ging sehr schnell. Ina hatte ein paar Semester Medizin studiert, um am Gazastreifen die Kriegsversehrten zu versorgen. Von meinem Platz aus starrte ich auf ihren Rücken im fliederfarbenen Rippenunterhemd, ihre kurzen blonden Haare, während ihre Hände mit dem Skalpell eilig hantierten. Ich sah meine Mutter im Blumenbadeanzug, sah die ehemals Schwangere, die versuchte, irgendwie auf die zitternden Beine zu kommen. Sie stammelte: »Vielleicht sollten wir doch nicht … « Niemand hörte sie. Das entsetzte Kreischen des Säuglings erfüllte den Raum. Dann war er mit einem Mal stumm. Meine Mutter flüsterte: »Ist er tot?« Sie klopften ihn ein wenig und plapperten auf ihn ein: »Hallo! Kleiner Mann! Hörst du uns?«

Jetzt, als ich über eine Baumwurzel fuhr, war da wieder sein entsetztes Schreien, ich sah das winzige, abgetrennte Genital in Inas blutverschmierten Händen.

»Herzlichen Glückwunsch! Jetzt ist es ein Mädchen!«

Im Sperlingsweg 12 sprang ich vom Rad und über die niedrige Pforte im verwitterten Jägerzaun. Ich streifte den mit vertrocknetem Fingerhut zugewucherten Plattenweg runter, an einem mit Entengrütze überzogenen Tümpel und einem Haufen ausgeblichener Gartenzwerge vorbei, Richtung Haustür. Rechts und links vom Grundstück waren die Gärten hübsch gepflegt, über mir hinterließ ein silbrig glänzendes Flugzeug einen Kondensstreifen am sattblauen Himmel. Ich fragte mich, ob da oben unter den Fluggästen ein Mädchen saß, das mich lieben könnte, und drückte auf den Klingelknopf. Willems betagte Mutter öffnete mir im beigen Rock mit passender Bluse und Perlenkette die Tür. Sie schien ziemliche Rückenprobleme zu haben, zumindest hatte sie einen leichten Buckel. Aber sie sah nett aus.

»Guten Tag«, sagte ich.

»Zu meinem Sohn geht's in den Keller runter.«

Schon auf der steilen Betontreppe roch es ziemlich nach Shit. Aus einem der hinteren Räume pimpelte Zimbel-Geklingel, das ich noch aus Kindertagen kannte. Wenn Ina und meine Mutter nachmittags »um sich zu erforschen« im Elternschlafzimmer verschwunden waren, war exakt dasselbe hektische Gezimbel erklungen. Ich sah um die Ecke.

Willem hockte in Unterhosen in seinem ungemachten Bett. Auf dem fleckigen Teppich, den Plastikstühlen und dem Gartentisch lagen zerfledderte *Spiegel*-Ausgaben und Stapel vergilbter *Kinderzeitungen*. In der Ecke neben dem vergitterten Fenster lehnte ein elektrischer Rasenmäher. An der gegenüberliegenden Wand hing ein eingerissenes Gerhard-Seyfried-Poster, auf dem ein paar bärtige Hippies mit dicken Joints unter der Überschrift »Legalize Himbeereis« rumhampelten. Willem war bestimmt zehn Jahre jünger als meine Mutter, dafür aber relativ dick. Sein rotblondes Haar lockte sich im mächtigen Nacken. Er trug eine Hornbrille und Schnauzer. Als er mich im Türrahmen erblickte, sprang er hoch.

»Kacke! Wer bist du? Woher weißt du von meiner Existenz?«

Beschwichtigend hob ich die Arme. Ich dachte, das brächte etwas. Leider nicht. Mit beiden Händen schlug er mir kräftig gegen die Brust, sodass ich kurzzeitig Probleme hatte zu atmen. Willem schien das kaum zu besorgen. Er schrie weiter und packte mich am Oberarm, um mich hin- und herzuschleudern.

»Wer zur Kacke bist du?«

Ich ließ mich einfach wegsacken. Auf den Teppichboden mit den Brandlöchern. So hatte ich das früher schon gemacht. Sobald die Frauen mit ihrem Männerhass auf mich losgegangen waren, hatte ich mich ergeben. Brav hatte ich ihre unausgegorenen Parolen nachgeleiert: »Ja, ja. Männer sind Chauvinisten-Schweine, die nichts anderes vorhaben, als Frauen zu vergewaltigen und sie ihrer Würde zu berauben.« Nun lag ich ausnahmsweise in einem fremden Keller, mit dem Kopf halb unter einer gammeligen Kommode. Ich schwor Rache. Mit meinen treuen Corpsbrüdern wollte ich zurückkehren. Diesen Willem würden wir mit unseren Säbeln so was von platt machen. Langsam reichte es mir. Meine Lider flappten wie die Flügel einer todessehnsüchtigen Motte.

»Ich bin Renates Sohn«, presste ich hervor.

»Kacke!«

Umgehend reichte mir Willem seine schmierige Hand und zog mich mit Schwung wieder auf die Füße, sodass ich mit der Nase fast an das Vorderteil seiner Superman-Unterhose stieß. In diesem Leben blieb mir nichts erspart. Breitbeinig stellte er sich vor mich hin.

»Warum sagt sie mir nicht Bescheid, wenn ihr Sohn kommt?«

»Weil sie sich im Klo eingeschlossen hat.«

»Warum das denn? Ist sie inzwischen komplett durchgedreht? Wundern würde es mich ja nicht gerade.«

»Weil dieser Bill gestorben ist.«

»Welcher?«

»Keine Ahnung.«

Willem schüttelte sich sein rötliches Haar aus der Stirn.

»Kacke! Denk nach! Welcher Bill? Ich kenne drei, und die könnten alle tot sein.«

»So ein Freund aus San Francisco.«

»Kenne ich nicht. Weiß der Geier, wo Bonnie überall gewesen ist.«

»Bonnie?«

»Deine Mutter! Ich hatte ja auch mal was mit der alten Kackstelze. Drüben in *Haight*. Und später noch mal hier, als sie schon verheiratet war. Mit diesem Dorftrottel, wie hieß der noch …?«

»Rainer?«

Willem fuhr sich mit der Hand über die schwitzige Stirn.

»Ja, genau, Rainer. Keine Ahnung, ob der noch lebt. Das war vielleicht ein Dorftrottel. Hat immer einen auf Kommunist gemacht, dabei war der ein astreiner Kapitalist. Plötzlich stand er als Broker in Mainhatten ganz oben auf der Leiter. Kennst du den? Lebt der noch?«

»Er ist mein Vater.«

»Scheiße, stimmt! Na ja. Macht ja nichts. Spielst du ein Instrument? Machst du Kunst?«

»Ich schreibe.«

»Gut. Ich schreibe auch.«

Das hätte ich mir denken können. Willem machte eine einladende Geste in Richtung Gartentisch, an seinem Handgelenk klebte schweißnass eine vergilbte Crystal-Swatch. Er schob einen Stapel Papier vom Plastikstuhl und klopfte auf die Sitzfläche.

»Setz dich.«

Ich blieb stehen.

»Ich will nur ein bisschen Dope für meine Mutter holen.«

»Kannst dich ja trotzdem kurz hinpflanzen.«

Ich setzte mich. Willem zog seinen Stuhl dicht neben meinen. Ich hatte ein bisschen Angst, in meinem Leben hatten schon so viele Menschen Grenzen übertreten. Er räusperte sich wichtigtuerisch in die vorgehaltene Faust. So als würde er mir ein Exklusiv-Interview geben:

»Wie du sicherlich weißt, kenne ich Bonnie, deine Mutter, schon sehr lange. Aus dem guten alten Kalifornien, wenn du verstehst, was ich meine. Sie hat mir die Scheiße aus dem Hirn gefickt, wann immer wir uns über den Weg gelaufen sind. Stichwort: Summer of Love.«

»Alles klar.«

»Nix ›klar‹. Deine Mutter war ja nicht mehr zu bremsen. Überhaupt wurden die Frauen in den USA immer dominanter. Von einem Tag auf den anderen. Als hätte jemand bei denen einen Schalter umgelegt. Deine Mutter allen voran. Die war männlicher als ein Mann, wenn du verstehst, was ich meine. Plötzlich weigerten sich diese dusseligen Chicks, einem die Wäsche zu waschen. Ich dachte, in Deutschland wäre die Situation entspannter. Also bin ich schleunigst wieder rüber. Du wirst lachen! Hier wurden die Weiber gleich militant.«

»Aha.«

Willem schüttelte kichernd den Kopf.

»Die Tussis waren ja tatsächlich der Meinung, was ihnen nützt, ist auch gut für alle anderen. Drauf geschissen. Die glaubten ja sogar, dass die sexuelle Befreiung gleich noch ihre ökonomische Unabhängigkeit mit sich bringt. Ich kann dir sagen, die Elsen haben sich da selbst ein gewaltiges Ei gelegt.«

»Prima.«

»Unter uns: Aus Frauen werden nie Führer – ich meine Führungspersonen.«

»Aha.«

Willem kratzte sich ausgiebig zwischen seinen rötlich behaarten Beinen.

»Darum sind ja gleich ein paar von denen in den Untergrund. Haben schön einen auf Terroristin gemacht, immer eine Handgranate im Büstenhalter. Die haben Emanzipation mit Grausamkeit verwechselt. So sind Frauen. Total irrational.«

»Jep.«

»Denen kannst du nicht helfen. Die haben ihr Feindbild im Kopf und ein bis zwei Schrauben locker. Die glauben ja bis heute, dass sie unterdrückt, versklavt und entrechtet werden.«

»Okay.«

Willem kam immer dichter ran. Inzwischen lag seine bleiche Sommersprossenhand auf meinem Knie.

»Männer sind da ganz anders. Die sind intellektuell. Verstehst du, was ich meine? Die lesen Marx und schon wissen sie, was zu tun ist. Darum bin ich ja auch gleich wieder in der Heimat aktiv geworden. Ich meine, hier lief es ja schon wieder auf einen astreinen Faschismus hinaus. Da musste ich ran. Ich will mich nicht in den Vordergrund spielen, aber damals, am 2. Juni, bei der Schah-Demonstration, war ich natürlich ganz vorne mit dabei. Ich stand direkt neben Benno, als diese Sache passierte. Bam! Schock! Kreisch!«

Willem klimperte ergriffen mit den Augenlidern.

»Aha.«

Er schniefte und presste sich Daumen und Zeigefinger in die zugekniffenen Augen. In seinem schmerzverzerrten Gesicht spiegelte sich echte Trauer. Mit tränenerstickter Stimme fuhr er fort: »Ich meine, Benno hat noch gesagt: Nicht schießen! Bitte, bitte, nicht schießen! Er war ein Menschenfreund, weißt du? Kacke, er hätte die Welt zu einer besseren gemacht. Er war sehr sensibel und gläubig und konnte hervorragend mit Kindern umgehen. Er hat mir sogar ein Gedicht gewidmet.«

Willem erhob sich von seinem Stuhl und atmete tief ein, dabei liefen ihm Tränen über die geröteten Wangen.

»Schnee im Schädel da ist Schnee
der Pfad hinab ist kalt – gefroren
sind die Gesichter
Geronnene Gedanken hängen in den Ästen …«

Willem holte geräuschvoll Luft.

»Weiter weiß ich leider nicht mehr. Ist schon so lange her. Verstehst du, im Kopf wird man nicht jünger. Ich such's dir raus. Ich hab's handschriftlich in meiner Mappe.«

Ich hob die Hand zum Zeichen, dass er sich um mich keine Sorgen machen solle, und Willem setzte sich wieder. Nach ein paar Minuten, als er sich einigermaßen gefangen hatte, schüttelte er heftig seinen Kopf.

»Entschuldige. Die Vergangenheit ist manchmal noch sehr gegenwärtig. Total kaltblütig. Ich meine, so ein norwegischer Typ mit Arztkoffer wollte ihm helfen. Hat sich da zwischen den Schaulustigen zu uns durchgequetscht und gestammelt: ›Helfe! Helfe!‹ Aber die Bullen haben ihn nicht gelassen. Und weißt du, warum?«

Willem lachte auf.

»Weil er keine Approbation für Deutschland hatte. Verstehst du?«

Nein, verstand ich nicht. Ich nickte trotzdem. Willem zog den Rotz in der Nase hoch.

»Na ja. Wie auch immer. In jedem Fall kam Bonnie dann irgendwann auch wieder rüber, weil sie hier mit ihrem Rainer ein ›neues Leben‹ beginnen wollte. Ich habe gleich gesagt: ›Bonnie, Bonnie, Bonnie, dafür bist du nicht der Typ.‹ Und sie: ›Hast recht, Willem. Besorg mir Dope.‹ Und sobald der Dorftrottel gerade nicht in Sicht war, ging's mit uns beiden schon wieder rund. Ich glaub, einmal haben wir es sogar in deinem Kinderzimmer auf dem ›Verkehrsteppich‹ getrieben. Weißt schon, dieser grüne mit den aufgemalten Straßen und Parkplätzen.«

»Okay.«

Willem schüttelte grinsend den Kopf, so als würde er sich in Gedanken schon wieder mit meiner Mutter über den grünen Verkehrsteppich wälzen und meine Matchbox-Autos zerquetschen.

»Dieser Rainer! Was für ein Idiot! Mit seinem ersten selbstverdienten Geld hat er sich direkt einen bronzefarbenen Porsche gegönnt. Ich will dir keine Angst machen, aber es könnte genauso gut sein, dass ich dein Vater bin. Wenn du weißt, was ich meine.«

Willem schlug seine kurzen Beine übereinander, sodass sein nackter, weißer Fuß gegen mein Schienbein drückte. Ihn schien es nicht zu stören, dass er nur einen knappen Schlüpfer trug. Ich quetschte heraus: »Ist das dein Ernst?«

Er legte seine gefalteten Hände in den Schoß und nickte begeistert, so als hätte bei ihm jemand einen Schalter umgelegt.

»*Mais oui!*«

In aller Ruhe zündete er sich eine Zigarette an und blies den Rauch langsam in Richtung Decke.

»Ach ja, die Bonnie. Ich sage dir, wenn sie nicht deine Mutter wäre, ich würde dir raten: Nimm sie dir. Die kann dir alles beibiegen, was du im Leben wissen musst. Verstehst du, mein Junge? Ich meine, in sexueller Hinsicht. Ist ja klar. Ansonsten ist sie schlicht verrückt. Sie konnte nie aufhören zu diskutieren. Als Mann bleibt dir am Ende nur eine Möglichkeit …«

»Welche?«

»Na, ihr die Löcher zu stopfen.«

Ich stand von meinem Stuhl auf.

»Ich würde gerne das Dope haben und gehen. Meine Redaktion kommt gleich zu mir nach Hause.«

»Setz dich! Was für eine Redaktion?«

Willem drückte seine Zigarette aus und zündete sich eine neue an.

»Die von der Schülerzeitung.«

Ich setzte mich wieder.

»Wahnsinn! Wie heißt euer Blatt?«

»Gänscha.«

»Wie der Typ im gelben Pulli? Unser Außenminister?«

»Ja.«

Willem kicherte etwas übertrieben.

»Kacke, das ist geil. Damals, als ich – na ja – in den Untergrund gegangen bin, hatten wir ja auch eine Zeitung. *Konkret* hieß die. Wir haben knallhart das Gedankengut von Marx unter die Leute gebracht. Ich sage dir, diese weichgespülten Studis haben die Welt plötzlich mit ganz anderen Augen gesehen.«

»Könnte ich jetzt bitte das Dope haben?«

Willem lehnte sich genüsslich zurück, sodass der Blick frei war auf seinen riesigen, mit Fusseln gefüllten Bauchnabel.

»Habe ich es schon gesagt? Ich war bei einigen ziemlich legendären Aktionen mit dabei. Rede ich besser nicht drüber. Manchmal, weißt du, leide ich unter Verfolgungswahn. Das Ganze war damals politisch schon ziemlich hart an der Grenze. Ich meine – unter uns – ich kann froh sein, dass ich noch lebe.«

Ich blies meine Backen auf, um irgendwie diesen inneren Druck loszuwerden. Willem wertete das leider als Ausdruck totalen Interesses. Er wischte sich mit dem Handrücken unter der Nase lang und schmierte den wiederum an seinem nackten Oberschenkel ab, sodass eine glänzende Spur zurückblieb. Dann beugte er sich wieder vor, als hätte ich auf seinem Tisch mein Mikrofon aufgestellt.

»Ich schreibe übrigens gerade an einem Konzeptroman. Über mein Leben … mit deiner Mutter. Ich könnte dir Geschichten erzählen, dass dir die Ohren schlackern. Ich habe so viel mit ihr erlebt, das reicht für drei bis acht Leben. Einmal hat mich Bonnie zwei Tage lang im Kleiderschrank eingesperrt, weil ich mir erlaubt hatte, zu bemerken, dass Frauen zur Hysterie neigen. Nicht mal, als ich pissen musste, hat sie mich rausgelassen. Tja, da blieb dem alten Willem nichts anderes übrig, als einen auf normannischen Kleiderschrank zu machen.«

»Was ist das denn?«

»Bataille hast du wohl nicht gelesen, was?«

Ich versuchte, nicht genervt zu klingen, aber ich merkte, wie sich meine Gesichtszüge gefährlich verhärteten.

»Nein.«

»Kacke! Das ist eine echte Bildungslücke. Apropos: Lücke. Was hast du da eigentlich für eine komische Verletzung auf der Wange?«

Dieser Willem machte mich fertig. Gedanklich war der nicht auf einer Linie zu halten. Ich holte tief Luft.

»Ich habe …«

Willem klatschte mir mit Wucht seine Hand auf die Schulter:

»Lass mich raten: Das war deine Mutter. Hab ich recht? Hab ich recht? Hat sie dir einen Stuhl in die Fresse geknallt? Ja? Hatten wir alles schon.«

»Nein.«

»Na ja, ist ja auch nicht so wichtig. Du wirst es mir natürlich nicht glauben, aber damals, in den Sechzigern, da ist es in Deutschland ganz schön zur Sache gegangen. Ich war ganz vorne mit dabei bei der Studentenbewegung. Wenn du so willst, habe ich den Studentenaufstand direkt im Gepäck gehabt, als ich im Frühjahr '67 wieder rüberkam. Stichwort: ›Keine Herrschaft von Menschen über Menschen‹ – wenn du verstehst, was ich meine. Ich hätte natürlich richtig in den Untergrund gehen können, von wegen militärische Ausbildung in Jordanien. Aber dann dachte ich, ich verschaffe mir erst mal einen Überblick, der ist wichtig. Verstehst du?«

Willems Blick wurde glasig und schweifte in die Ferne, hin zu einem gedachten Horizont, wo sich vermutlich schon wieder ein Haufen lärmender Demonstranten mit Bannern versammelte. Ich räusperte mich.

»Ja, verstehe ich. Ich dachte nur, die Studentenbewegung hätte schon wesentlich früher begonnen.«

»Kacke, bist du ein verdammter Bürokrat oder was? Du hast doch überhaupt keinen Schimmer, was hier los war!«

»Kann ich jetzt bitte das Dope haben?«

»Schon mal LSD probiert?«

Willem verschwand mit seinem mächtigen Oberkörper halb unter dem Tisch, sodass ich seinen weißen, mit Sommersprossen übersäten Rücken bewundern konnte. Er verschwand immer weiter unter dem Tisch, und ich dachte, gleich kippt er vornüber. Aber er schien sein Gewicht geschickt ausbalancieren zu können. Schließlich kam er keuchend mit dunkelrotem Gesicht wieder hoch. Seelenruhig stellte er ein hölzernes Spielbrett auf die Tischplatte und schob schwitzend ein eingeschnitztes Spielfeld zur Seite.

»Guck dir das an!«

Er hielt das Spielbrett schräg, sodass ich gut in das kleine Fach hineinschauen konnte.

»Siehst du das? Das sind die original White-Lightning-Trips vom alten Owsley. Die haben schon ihre besten Tage hinter sich – könnte man meinen. Aber LSD verpufft nicht. Jedenfalls nicht in ›Willems kleinem Schrein‹. Willst du einen? Sind übrig geblieben vom *Human Be-In*. 30.000 Leute im Golden Gate Park voll drauf, und Ginsberg hat das ›Hari-om-Namo-Shivaya‹-Mantra für Shiva, den Gott für uns Haschraucher, angestimmt. Ich sage dir! Das war das letzte idealistische Hippie-Erlebnis, bevor die ganze Sache kommerzialisiert wurde. Ich meine …«

»Toll. Ich hätte trotzdem gerne das Dope.«

»Du weißt ja nicht, was du redest. Jim hat davon gleich fünf auf einmal genommen. In der Nacht des …«

Ich versuchte am Ball zu bleiben.

»Welcher Jim?«

»Mensch! Morrison! Wer sonst? Die alte Knallcharge. Er war ziemlich intelligent, mit einem IQ um 149.«

»Was auch immer das heißen mag.«

»Freundchen, du scheinst mir ein bisschen arrogant.«

Willem kam dicht heran und atmete mir ins Gesicht. Er gab sich alle Mühe mysteriös zu wirken, als er raunte: »Jim hatte geschnallt, dass die Sprache ein mächtiges Werkzeug ist, um sich gegen die Autorität aufzulehnen. Diese *Message* hat er als Erbe an mich weitergegeben – wenn du so willst.«

Ich nickte, um Willem wieder auf Abstand zu bekommen. Tatsächlich zog er sich etwas zurück und grinste verwegen:

»Wenn du schreiben kannst, Sohn von Renate, dann bist du fein raus. Alles klar? Du musst ein politisches Bewusstsein entwickeln, um die Welt zu einer besseren zu machen.«

»Geht klar.«

Willem fummelte mit einer goldenen Pinzette, die er an einer Kette um den Hals trug, ein bunt bedrucktes Pappschnipselchen hervor und stach mir damit beinah das Auge aus.

»Los! Mach Mund auf.«

Ich presste zwischen meinen Lippen hervor: »Willem, bitte gib mir das Dope.«

Und er: »Nenn mich Papa.«

»Nein.«

»Man könnte ja fast meinen, du bist ein Nazi. Bist du am Ende ein verdammter Scheiß-Nazi? Von wegen: Hitler war doch nicht so verkehrt?«

»Nein.«

»Warum nimmst du dann kein Acid? Hast du Angst, dir selbst im Universum zu begegnen und deine Schuld zu erkennen?«

»Welche Schuld?«

»Keine Ahnung. Um es mit Timothys Worten zu sagen: ›Finde ein Sakrament‹!«

»Von mir aus.«

Willem breitete die Arme aus.

»Finde ein Sakrament, das dich zu Gott bringt und zu deinem eigenen Körper; geh über dich hinaus, verwandle dich! Bleibe wiedergeboren, drücke es aus, beginne ein neues Leben, das deine Visionen widerspiegelt! Befreie dich vom äußeren Drama, das so ausgehöhlt und leer ist wie eine TV-Show!«

Er stand auf und stellte sich wie Jesus, der die Bergpredigt hält, auf seinen weißen Plastik-Gartenstuhl.

»Finde dein Sakrament, das dich zu Gott bringt!«

Dabei verlor er das Gleichgewicht und plumpste rückwärts runter, über ein paar Zeitungsstapel, hinüber zum vergitterten Kellerfenster, wo er sich in der Bewegung an der Fensterbank wieder emporzog.

»Hoppsala.«

Ich hoffte inständig, dass Willem nicht mein Vater war. Die Sorge brannte mir ziemlich auf der Seele. Bevor ich allerdings noch einmal mit diesem speziellen Thema anfangen konnte, drehte er sich mit Schwung zu mir um und machte ein pfiffiges Gesicht.

»Moment mal, von welchem Billy hast du da gerade gesprochen?«

»Von dem, der gestorben ist.«

»War er Freund oder Feind?«

»Keine Ahnung, aber er hat meine Mutter vom LSD und vom Heroin runtergebracht.«

Willems Gesicht wurde plötzlich starr vor Schock.

»Kacke, redest du vom ›Fillmore-Bill‹?«

»Kann sein. Sie war mal mit ihm verheiratet.«

Mein neuer Vater schnappte nach Luft.

»Der ist tot oder was?«

»Offenbar ist er gestern mit einem Helikopter in eine Stromleitung geflogen.«

»Das haut dem Fass den Boden aus.«

Mit einer hastigen Handbewegung nahm Willem die zerdrückte Zigarettenschachtel und das hautfarbene Feuerzeug in Form eines nackten Frauentorsos vom Fensterbrett, dann seinen seidenen Kimono vom zerwühlten Bett. Mit vor Schreck geweiteten Augen wehte er an mir vorbei in den Flur hinaus. Ich hörte, wie eine Tür zugeschlagen und ein Schlüssel herumgedreht wurde. Ich folgte ihm.

»Willem?«

Ich hörte seine tränenerstickte Stimme.

»Ich bin im Klo.«

Fünf

Ich ging näher an die Tür heran, von der ich annahm, dass mein vermeintlicher Vater dahinter hockte. Die Situation war mir nicht ganz unbekannt. Nun saßen meine beiden Elternteile in Toiletten fest.

»Bist du da drin?«

Er schluchzte.

»Ja.«

»Und warum?«

»Weil der Fillmore-Bill tot ist.«

»Warum muss man sich deswegen im Klo einschließen?«

»Um ihm nahe zu sein. Er war ein Heiliger. Er war die ordnende Instanz im chaotischen System. Verstehst du? Mit seinem Tod stirbt eine ganze Ära – unsere Identität. Ich meine, manchmal dachte ich natürlich schon: ›Kacke, Billy, mach dich locker!‹ Während wir anderen am Abspacen waren, rannte er mit seinem Kack-Klemmbrett rum und machte sich Notizen und checkte, ob genügend Mülleimer aufgebaut waren. Nicht mal die Hell's Angels kamen umsonst auf seinen Festivals rein. Jedem hat er die Moneten abgeknöpft. Na ja. Er war ein Geschäftsmann – ohne dass ich ihm das jetzt vorwerfen will.«

»Klingt ein bisschen so.«

»He! Er war ein Freund von uns. Alles klar? Wir haben ihn verehrt. Ich wäre für ihn durch die Wüste gelatscht, ohne was zu trinken. Auch wenn er ein paar essentielle Punkte nicht geschnallt hat.

Ich meine, was den Idealismus betraf. Weder mir noch deiner Mutter hat er geglaubt, als wir sagten: ›Kacke, Bill! Radikalismus ist besser als Liberalismus.‹ Was soll ich sagen? Er hat am liebsten Salsa gehört.«

Willem heulte auf und schlug mit irgendwas von innen gegen die Tür. Ich drückte die Klinke herunter.

»Willem?«

Gleich heulte er noch lauter.

»Allen war klar: hier – in dieser Ära der totalen Umwälzung zwischen Krieg und Frieden – hier geht's um Acid. Verstehst du? Um Acid. Acid. Acid. Acid. Wir waren die totalen Acid-Faschisten. Kannst du gerne so weitergeben. Nur einer hatte keine Peilung. Unser lieber Festival-Veranstalter: Fillmore-Bill. Die ganze Zeit ist er rumgelaufen und hat versucht, die Leute daran zu hindern, über Zäune zu klettern oder LSD zu schlucken. Wie so eine verdammte Kindergärtnerin. Mitten im totalen Gonzo-Wahnsinn.«

Ich drückte noch mal die Klinke runter.

»Kannst du mir trotzdem sagen, wann du in etwa mit meiner Mutter etwas hattest?«

Willem schniefte und zog die Rotze hoch.

»Klar. Sag mir einfach, wie alt du bist.«

»Siebzehn.«

»Na, dann vor siebzehn Jahren und neun Monaten.«

Meine Stirn kippte gegen die Tür. Ich sah an meiner Nase vorbei, hinunter auf meine grünen Chucks, die ich mit silbernem Tape umwickelt hatte, weil sich letztens Teile der Sohle abgelöst hatten. Darunter dieser grauenhafte senfgelbe Teppichboden mit eingeprägtem Kachel-Muster. In meinem Kopf rauschte es gewaltig, so als würde darin Beton aushärten. Was, wenn dieser Schwachkopf tatsächlich mein Vater war? Ich räusperte mich, meine Stimme zitterte:

»Hat meine Mutter je davon gesprochen, dass du mein Erzeuger sein könntest?«

Offenbar hatte sich Willem wieder etwas gefangen.

»Andauernd! Sie wünschte es sich geradezu. Als sie schwanger war, rief sie mich komplett hysterisch in der Taxizentrale an. Das war vielleicht peinlich.«

»Wieso in der Taxizentrale?«

»Weil ich zufällig eine Zeit lang Taxifahrer war! Sie wollte wissen, was wir mit dir, dem Ungeborenen, machen sollten. Unter uns: das nervte ziemlich. Als Mann brauchst du deine Ruhe. Gerade wenn du so einen Job machst. Da musst du dich hundert Prozent auf deine Fahrgäste einlassen können, sonst kannst du's gleich vergessen. Die spüren, wenn du nicht voll dabei bist. Also überredete ich sie dazu, dem Rainer nichts zu melden. Ich sagte: Lass den Rainer den Jungen finanzieren. Verstehst du? Er war ein Scheiß-Yuppie. Wir entschieden uns, keine große Nummer daraus zu machen.«

»Warum erzählst du es mir dann?«

»Keine Ahnung. Um dir Mut zu machen.«

»Na großartig. Und warum hat sie mich nicht gleich abtreiben lassen?«

»Machst du Witze? Zu der Zeit wäre es leichter gewesen, im Pappkarton auf den Mond zu fliegen.«

»Alles klar.«

»Hauptsache, der Dorftrottel zahlt seine Alimente. Wenn nicht, lass es mich wissen. Ich habe Kontakte, wenn du verstehst, was ich meine.«

Ich drückte meine unverletzte Wange gegen die Tür:

»Kann ich jetzt bitte das Dope haben?«

»Klar. Es liegt unter meinem Bett, in dem zusammengerollten Schlafsack. Bedien dich und leg mir das Geld auf den Tisch. Wenn ich eins von Bill gelernt habe, dann, Freundschaft und Geschäft sauber voneinander zu trennen.«

Für einen Augenblick fand ich es trotzdem komisch, meinem eigenen Vater Geld für das Dope meiner Mutter zu geben. Dann redete ich mir aber ein, dass ich definitiv von Rainer abstammte, auch wenn ich ihn seit knapp zehn Jahren nicht mehr gesehen hatte. Oder von diesem Bill. Der schien mir als Einziger klar im Kopf gewesen zu sein.

»Hast du für Bill gearbeitet?«, sagte ich

Gleich schniefte Willem wieder los.

»Sicher. Für sein erstes Benefiz habe ich in *Haight* ein paar Flugblätter verteilt, den Rest habe ich nebenan in den *Buenaventura*-Fluss geschmissen. Weißt schon. Ich hatte keine Lust, rumzurennen und mich wegen so ein paar Zetteln verhaften zu lassen. Die Sheriffs haben einen ja früher wegen jedem Kack hopsgenommen – wie Gehen im Rinnstein oder so. Wann war das noch gleich?«

»Ist ja nicht so wichtig.«

»Kacke! Und ob das wichtig ist. Ganz Frisco wollte in unser Benefiz rein. Ich schwöre dir bei der Titte meiner Mutter, wir waren dabei, etwas Neues zu schaffen. Nicht solchen linksliberalen Kulturkack. Wir haben innovative Lebensformen erfunden, ohne dabei Kapitalisten zu sein. Na ja, bis auf Fillmore-Bill. Verstehst du?«

»Ja.«

»Nein, verstehst du nicht. Du kannst es gar nicht verstehen, weil du ein Kack-Pech hast, dass du zu spät geboren wurdest.«

»Meine Mutter sagt, ich kann froh sein, dass ich überhaupt geboren wurde.«

»Meine Rede. Um ehrlich zu sein, solltest du mir dafür danken, mein Sohn! Der alte Willem war es, der sein heiliges Sperma in den Leib deiner Mutter geschossen hat! Und weil sie mich so mochte, hat sie anschließend auf die Ananasspülung verzichtet.«

»Ich denke, sie wollte mich abtreiben lassen.«

»Ja, aber nur aus konzeptionellen Gründen. Von wegen: Ob Kinder oder keine, bestimmen wir alleine ...«

»Wer?«

»Die Frauen!«

Klar. Ich ging rüber ins Zimmer, kniete mich auf den fleckigen Boden und stellte mir vor, wie ich beinahe von einem Schwall Ananassaft aus der warmen Höhle des Mutterleibes geätzt worden wäre. Es stimmte vermutlich wirklich, was ich damals bei der Themenzentrierten Interaktion in unserem Wohnzimmer gelernt hatte: ›Männer waren Frauen und Frauen waren Männer. Und Männer waren schuld an Kriegen. Also die Frauen.‹ Der Hass auf meine allmächtige Mutter wurde größer, immer größer. Doch noch konnte ich ihn nach hinten in die dunkelste Kammer meines Herzens verbannen, wo ich mir über die Jahre ein Arsenal an Folterinstrumenten zugelegt hatte. Irgendwann würde ich meine Mutter durch die feuchten Gänge dorthin schleppen und ihr mit einer riesigen Zange das faulige Herz der Revolution rausreißen. So stellte ich mir das vor. Doch dann empfand ich wieder kindliche, bedingungslose Liebe und mein Vorhaben versank in einem Becken voller Melancholie und Hoffnung. Ich hatte ja nur diese eine Mutter. Willem rief von drüben:»Du wirst es mir nicht glauben: Aber ich habe schon immer geahnt, dass es mit Fillmore-Bill so dramatisch enden wird.«

»Aha.«

»Nenn mich Jesus! Aber als Bill seinerzeit von Jim bei einem Konzert das Mikrofon an den Kopf geknallt gekriegt hat, war mir klar: Das kann nicht gut enden.«

»Ja, stimmt.«

»Weißt ja, Jim hat das am Zehn-Meter-Kabel immer so rumgeschleudert, über die Köpfe seiner Zuhörerschaft. Darum haben Jim und ich ihm auch bei nächster Gelegenheit einen Helm geschenkt. Witzig, was? Damit das nicht noch mal passiert. Verstehst du?«

Ich versuchte, so wenig wie möglich vom Teppich zu berühren, als ich meinen Arm ausstreckte, um den Schlafsack unter dem Bett hervorzuziehen. Es kamen noch einige andere Dinge zum Vorschein, deren Anblick ich mir gerne erspart hätte. Noch heute sehe ich das Panorama der Widerlichkeiten vor mir liegen. Es waren nicht nur die obligatorischen gebrauchten Socken, Unterhosen, Schmierhefte und verklebten Taschentücher, sondern auch noch eine Art grün verschimmeltes Gerippe. Willem hatte wohl mal ein Hähnchen oder so etwas Ähnliches im Bett verspeist und anschließend darunter vergessen. Ich würgte. Mit zusammengepressten Augen und Lippen zog ich mich mit dem gerollten Schlafsack zum Tisch zurück. Wieder auf dem Stuhl, tastete ich mit angehaltenem Atem im Inneren nach dem Dope. Ich hörte Willems intensive Stimme:

»Mir wurde klar, dass ein Kompromiss mit der Gesellschaft, mit den anderen unmöglich war, und ich fühlte mich plötzlich sehr einsam … Wie findest du das als Trauerrede?«

»Okay.«

»Und das: Ich war einsam. Ich kannte niemanden, und die geschlossene Gesellschaft der Erwünschten sah verächtlich auf jeden Außenseiter herab.«

»Okay.«

Um ehrlich zu sein, ich hörte nicht richtig hin. Mir machte dieser Willem Angst. Irgendwie schien er hängen geblieben zu sein, als rotierte er auf einer endlosen Zeitschleife, die durchs Weltall sauste. Genau wie meine Mutter. »Als Kind hatte ich oft Halluzinationen. Einmal wachte ich im frühen Morgenlicht auf und sah kleine Männer, die in einem von mir gebauten Blockhäuschen spielten.«

Willem quatschte in seiner Toilette ohne Unterlass. Womöglich war er schon sehr lange keinem Menschen mehr begegnet. Ich fand den Gefrierbeutel mit dem Shit. Er war ziemlich groß und ich dachte, es sei besser, nicht alles mitzunehmen. Also nahm ich eins von den vielen mit der Maschine beschriebenen Blättern, die in dicken Stapeln auf dem Tisch herumlagen, und faltete daraus eine Art Zuckertüte. Das Ganze wurde untermalt von Willems monotoner Stimme, die dumpf durch die Toilettentür zu mir drang: »Everything about the place was dead.«

Ich sagte: »Okay.«

Er sagte: »Kacke! Offenbar weißt du nicht, wer das geschrieben hat. Das war Kack-Burroughs, mein alter Freund und Kupferstecher. Ein Kollege von uns, wenn du so willst. Kennst du nicht oder was? Ohne den hätte es überhaupt keine Kulturrevolution gegeben. Sind alles Zitate – wenn du verstehst, was ich meine.«

»Absolut.«

»Liest du nicht oder was?«

»Doch, doch.«

Ich faltete mein Papiertütchen zusammen und stopfte die große Tüte wieder in die Schlafsackrolle zurück. Meine Finger stanken nach Shit, im Zimmer stank es nach Shit, und vor mir auf dem Boden lag das vergammelte Hühnchen, eingebettet in benutzte Unterhosen, und stank nach Shit. Ich wollte nicht hinsehen, aber ich musste. Es gibt Dinge, denen kann man sich einfach nicht entziehen. Meine Mutter und das Hähnchen gehörten eindeutig dazu.

Willem rief: »Wusstest du, dass der alte Burroughs seine Alte erschossen hat?«

»Ja.«

»Woher?«

»Hat uns unser Deutschlehrer Herr Reimann erzählt.«

»Scheint ein cooler Typ zu sein.«

»Geht so.«

»Na ja, hat er euch auch erzählt, dass die beiden sich vorher einen auf die Lampe gegossen und Wilhelm-Kack-Tell gespielt haben?«

»Jep.«

»Er hat seiner Lady einfach einen Apfel auf die Birne gesetzt und losgeballert. Stell dir das vor! Stell dir das vor!«

»Mache ich.«

Und in diesem Fall stimmte es sogar. Ich sah mich, wie ich meiner weggetretenen Mutter einen Apfel auf den Kopf setzte, mit der Pumpgun darauf zielte und sie mit Absicht erschoss. Ich sah mich, wie ich ungläubig vor Freude auf meine blutende Mutter hinabstierte und den Mund nicht wieder zubekam. Ich rief: »Ist dieser Burroughs dafür ins Gefängnis gekommen?«

Ich klopfte mir die Shit-Krümel von der Hose und ging raus in den Flur.

Willem quäkte: »Nö, war ja ein Versehen.«

Die Papiertüte steckte ich in meine Parkatasche. Plötzlich sah ich ein feines Licht am Ende des langen, dunklen Tunnels. Ich schlich lächelnd an der Klotür vorbei, durch die Willem seinen literaturwissenschaftlichen Vortrag hielt: »Am Ende hat es aber Jack-Kack-Kerouac noch härter getroffen. Ich meine, die Jungs hatten einen hohen literarischen Anspruch. Daran kannst du nur zerbrechen. Die Leute lieben Müll. Sie lieben die leichte Unterhaltung. Da kannst du nicht mit Kunst oder – ich sage mal: Tiefgang kommen. Die Leute wollen das lesen, was sie verstehen. Schön simpel muss es sein. Immer an der Oberfläche bleiben. Bloß nichts, was irgendwie anstrengend oder literarisch wertvoll sein könnte. Mach dir keine Illusionen, mein Sohn. Wir beide, wir werden immer in den Drecklöchern der Gesellschaft hausen und uns von ihrem Unrat ernähren müssen.«

Von der Treppe aus rief ich ihm zu: »Ich kann ja eine reiche Frau heiraten.«

»Träum weiter! Glaubst du, auch nur eine finanzstarke Frau wird sich bereit erklären, einen Mann durchzufüttern? So wie wir sie jahrhundertelang ohne Klage durchgefüttert haben? Vergiss es. Für diese Hohlfotzen ist Dankbarkeit ein Fremdwort. Sie werden uns ins Gesicht furzen, und wir müssen ihre schleimigen Fürze – ich sage mal – schlucken. Da ist die Drogenkarriere, wie man so schön sagt: vorprogrammiert. Und nimm dir noch einen Trip mit.«

Eigentlich wollte ich schon die Treppe rauf.

»Nein danke!«

»Na, los! Sei kein Frosch! Ganz wie der gute alte Georgi-Porgie gesagt hat: ›Wir raten niemandem es zu nehmen …‹ aber manchmal tut Entspannung ja ganz gut. Glaub mir, mein Sohn, ich kenne deine Mutter. Sie kann einen fertigmachen. Hat sie noch immer diesen Feminismus-Fimmel? Meine Güte, damit hat sie mir so manche Ernüchterung verschafft, wenn du verstehst, was ich meine. Danach lief bei mir nichts mehr. Stichwort: ›Schlaffe Banane‹. Wie auch immer: Sie ist eine tolle Frau. Grüß sie schön von mir. Sag ihr, sie soll sich mal wieder melden, wenn du verstehst, was ich meine … Und nimm dir ein paar Trips mit!«

Da stand ich zu meiner eigenen Verwunderung tatsächlich schon an Willems rundem Gartentisch und fummelte mit dem Stiel eines herumliegenden Esslöffels einen Stapel Trips aus dem Geheimfach im Spielbrett. Ich steckte die Fitzelchen in die Kleingeldtasche meiner Jeans. Vielleicht würde ich sie meiner Mutter bei

Gelegenheit in den Bourbon werfen, sodass sie am Ende doch noch vom Dach sprang. Sie hatte mich ungeschützt ins offene Messer meiner wahren Herkunft laufen lassen.

»Schönen Tag noch!«, rief ich, bevor ich die Kellertreppe raufhastete.

Willem brüllte: »Lass dir noch eine Nutella-Stulle von deiner Omi Gerda machen. Sie hat sich immer einen Enkel gewünscht!«

Ich flitzte am offenen Wohnzimmerdurchgang vorbei, wo Omi Gerda inmitten eines Haufens proper gekleideter Puppen auf dem Sofa saß und irgendwas Kleines aus haariger Wolle strickte. Sie sah auf, und nächstes Mal würde ich ihr bestimmt den Gefallen tun, mich ein bisschen zu ihr in die grünen Samtkissen zu setzen. Doch jetzt riss ich die Haustür auf und sprang draußen auf mein Fahrrad. Hinter der aufwendig geklöppelten Wohnzimmergardine bewegte sich etwas. Vermutlich schon wieder meine neue Oma, die nach mir und ihren Gummibäumen sah. In der Jackentasche hatte ich eine Seite geschriebenen Materials meines leiblichen Vaters, dessen Nachnamen meine Mutter nicht kannte. Die ersten Blätter fielen Richtung Boden, es ging ein leichter Wind, und über dem Wald zeigte sich ein gleißendes Lichtkreuz in den Wolken. Als ich in die Pedale trat, sich die Nachmittagssonne golden über die Stoppelfelder legte und die Blätter der Bäume rötlich blinkerten, riss mich ein tief fliegender Falke beinahe vom Sattel.

Sechs

Als ich nach Hause kam, stand die gesamte Gänscha-Redaktion schon auf dem Fußabtreter und zitterte vor Kälte. Swantje, Britta und der hyperaktive Kai rauchten ein paar selbstgedrehte Zigaretten und traten in ihren Doc Martens von einem Fuß auf den anderen. Swantje schob ihre Nickelbrille die Nase hoch. Ihre Fingerspitzen waren vom Nikotin schon ziemlich gelb.

»Scheiße, Josh, wo warst du? Wir frieren uns hier einen Ast ab!«

Tatsächlich war es mittlerweile etwas kühl geworden. Mein Atem stand als weiße Nebelwolke in der eisblauen Luft. Ich fand's poetisch. Ich ließ sie ins Haus.

»Wenn einer von euch aufs Klo muss, dann ist das heute nur oben im ersten Stock möglich.«

»Ist die Gästetoilette verstopft oder was?«

»So ungefähr. Meine Mutter hat sich darin eingeschlossen.«

»Krass.«

In ihren mit Peace-Zeichen bemalten Armeeparkas und Tennissocken standen sie im Wohnzimmer auf unserem Perserteppich, der einst Janis gehört hatte, und sahen sich mit hochgezogenen Augenbrauen an. Irgendwann sahen sie auch mich etwas genauer an und kreischten los:

»Ach du große Scheiße! Was hast du denn da Ekliges im Gesicht?«

»Eine Wunde, warum?«

Britta griff sich reflexartig an die Gurgel.

»Ich kotze! Ist das Weiße da etwa dein Wangenknochen?«

»Welches Weiße?«

Bevor ich eine Antwort bekam, kippte ich nach hinten. Direkt auf Janis' Perserteppich. Garantiert war ich nicht der erste Mensch, der darauf die Besinnung verloren hatte. Ich sackte eine Etage tiefer, in den dunkelsten und feuchtesten aller Kerker. Ich saß auf einen Stuhl gefesselt, meine Mutter hing nackt an ein Holzkreuz gekettet, die Beine mit Hilfe von Seilen zu den Seiten weggespreizt, und wurde von nackten Männern und Frauen mit blutigen Eingeweiden von Schafen abgerieben. Einer steckte ihr einen mit Stofffetzen umwickelten Dildo unten rein und raunte bedeutungsschwanger in seinen dunklen Vollbart: »Das ist die erotische und sinnlich enthemmte Gestaltung des Erlösergedankens, die vor dem Pornographischen nicht Halt macht.« Ich versuchte, mich zu befreien. Niemand achtete auf mich. Diese Nackten hatten alle Hände voll mit meiner Mutter und den Eingeweiden zu tun. Ich hatte das alles schon einmal erlebt. Lange war es her. Und doch ahnte ich, was als Nächstes passieren würde: ein gigantisches Gang-Bang mit schlackernden Gliedmaßen. Ich presste die Augen zusammen und konzentrierte mich auf unsere Wohnzimmereinrichtung. Die selbstgestrickten Socken meiner Mutter. Die Räucherstäbchen. Der tibetische Gong. Die Plattenstapel. Dorthin wollte ich zurück. Und als ich es endlich kraft meiner Willensstärke geschafft hatte, raus aus der unterirdischen Hölle, durch die eng geknüpften Teppichmaschen, zurück an die Oberfläche zu diffundieren, hockten Swantje, Britta und Kai um mich herum und hielten sich vorsichtshalber die Hände vor ihre Münder. Offenbar waren sie kurz davor, sich auf mein Gesicht zu übergeben. Ich blinzelte.

»Wo bin ich?«

»Bitte rede nicht! Sonst verschiebt sich dein Gesicht so widerlich.«

Ich hätte gerne mal in einen Spiegel gesehen, um zu prüfen, was genau mit meinem Gesicht los war. Aber der einzige Spiegel, der in näherer Umgebung existierte, war der in der Gästetoilette, in der meine Mutter hockte und per Seelenwanderung versuchte, Fillmore-Bill in den Himmel zu begleiten. Swantje rutschte näher zu mir heran und besah sich durch ihre verschmierten Nickelbrillengläser die Wunde.

»Tut das weh?«

»Nun ja.«

»Wie hast du das denn gemacht?«

Ich zuckte mit den Schultern. Schließlich hatten sie mich gebeten, nicht so viel Mimik zu machen. Ich kam mir vor wie der letzte Opportunist. Unmöglich, meinen antifaschistischen Freunden zu berichten, dass ich »versehentlich« an einer Mensur teilgenommen hatte. Ich hätte ihnen nicht einmal erklären können, wie es zu meiner Teilnahme am Gefecht gekommen war. Irgendwie hatte ich mich leiten lassen. Die Aussicht, hier rauszukommen und ein Leben unter männlichen Traditionalisten zu führen, die nichts für Reformen und die Aufhebung des Patriarchats übrig hatten, war wohl unwiderstehlich gewesen.

Swantje holte tief Luft: »Du solltest zumindest – aus Rücksicht auf uns – ein Pflaster draufmachen.«

»Okay.«

Swantje gab Kai ein Zeichen. Der sprang augenblicklich auf und holte aus der Küche den alten Erste-Hilfe-Koffer, der seit der Kastrations-Geschichte oben auf dem Kühlschrank neben den Tollkirschen verstaubte. Und dann brachte Britta die Hautränder mit Hilfe von Leukoplaststreifen geschickt wieder aneinander.

Ich sagte: »Danke. Du bist die geborene Krankenschwester. Ich bin vom Baum gefallen.«

Meine drei Freunde nickten, als sei das das Normalste von der

Welt, und halfen mir wieder auf die Beine. Dann ständerten wir rüber in die Küche und schoben noch ein paar Tiefkühl-Pizzas in den Ofen. Ich brühte einen Hagebuttentee auf, weil nichts anderes da war, und Kai fragte mit diesem nervösen Flirren in den Augen: »Könnte ich mir vielleicht ein bis zwei Muskatnüsse reinreiben? Ich hab gehört, die verfügen über halluzinogene Kräfte.«

»Von mir aus.«

Das war das Stichwort für meine Mutter.

»Mir bitte auch!«

Ich ging in den Flur raus. »Was hast du gesagt?«

»Dein Kumpel soll mir auch eine Muskatnuss reiben.«

»Ich geb's weiter.«

»Hast du das Dope?«

»Ja.«

Sofort ging die Toilettentür einen Spaltbreit auf und meine Mutter streckte ihre Hand mit den drei dicken Goldringen raus. Ich legte ihr die selbstgebastelte Papiertüte mit Willems literarischen Ergüssen hinein, und die Tür klappte wieder zu. Dann flog sie wieder auf und meine Mutter schrie: »Was, zum Geier, ist das denn für eine Scheiße?«

Ich kam näher heran.

»Was meinst du?«

»Dieser Zettel hier!«

Mit mildem Lächeln schob ich die Toilettentür sachte wieder ran. Ich flüsterte: »Das ist eine von Willems Manuskriptseiten. Er schreibt gerade an einem Konzeptroman über seine drei bis acht Leben.«

Meine Mutter hatte ihren einen Fuß hoch auf die Klobrille gestellt und das Licht über dem Waschbecken angeknipst.

»Konzeptroman? Das soll wohl ein Scherz sein. Der ganze Mist handelt ausschließlich von mir.«

Ich lächelte noch immer.

»Woran erkennst du das?«

»Daran, dass mein Name da überall erwähnt wird: Bonnie tanzte zu tantrischen Klängen und bot ihre Fotze feil.«

Plötzlich fing meine Wange an zu schmerzen.

»Bitte, Mama. Könntest du etwas leiser sprechen? Wir haben Gäste.«

»Ist mir doch egal.«

Sie beugte sich vor und zog mit einem lauten Knall die Tür wieder zu. Einen Augenblick später schrie sie durchs Schlüsselloch: »Ist das deine Redaktion, die da bei uns in der Küche rummacht?«

Ich steckte meine zitternden Hände in die Hosentaschen.

»Ja.«

»Die soll mal herkommen.«

»Warum?«

»Tu einfach, was ich sage!«

Ich ging zurück in die Küche, wo Kai inzwischen unseren gesamten Muskatnussvorrat in seine Teetasse gerieben hatte. Als ich reinkam, blickte er mich schuldbewusst an und fing an albern rumzustottern, als sei ich sein Erziehungsberechtigter.

»Ich hab nur ein bisschen …«

Ich hob beschwichtigend die Hand.

»Schon gut. Meine Mutter will auch was davon. Tu ihr ordentlich was in den Tee.«

»Okay.«

»Am besten so viel, dass sie stirbt.«

»Meinst du das ernst?«

»Ja, klar. Außerdem sollt ihr mal kurz zu ihr an die Klotür kommen.«

Bedröppelt legte Kai die Reibe weg und drängte sich mit den anderen durch den Flur, bis zum Ende des Ganges. Da bauten sie sich mit triefigen Gesichtern vor der geschlossenen Tür auf und stierten ratlos in der Gegend herum. Ich hielt mich etwas im Hintergrund und sah wieder zu Bill rüber, der mich vom Rand der Bühne genau im Visier hatte. Ich dachte: »Und? Wie bist du so mit meiner Mutter klargekommen?« Fast schien es mir, als zucke er ermattet mit seinen Schultern: »Tja, du weißt ja, wie sie ist.« Ich nickte vor mich hin und seufzte ganz leise: »Ja, ja. Ich weiß, wie sie ist.«

Meine Mutter rief: »Kids, seid ihr da drüben, auf der anderen Seite der Mauer?«

»Ja, also, hinter Ihrer Tür.«

Kai lehnte sich in seinem voluminösen Kapuzenpulli möglichst lässig gegen die aufgehängten Bilder, sodass schon wieder eins herunterfiel. Zum Glück nicht das mit Bill am Bühnenrand, irgendwie war es bereits eine Art Heiligenbildnis für mich. So als wäre Bill mein Freund aus dem Jenseits, der mir seelisch beistand. Zu blöd, dass er jetzt tot war. Ich hätte mich gern ein wenig mit ihm über seine Sicht der Dinge ausgetauscht. Bestimmt hätte er ein paar gute Erkenntnisse parat gehabt, »Deine Mutter ist auch nur eine Frau«, und ein paar brauchbare Tipps zur Steigerung meines Selbstwertgefühls: »Sieh dich öfter mal nackt im Spiegel an.« Vielleicht schwebte er ja über mir. Als Geist oder freigesetzte Seele. Voll aufnahmefähig für meine Belange. Konnte doch sein. Wer wusste schon, was der Tod mit der Seele machte. Womöglich befreite er sie nur vom nutzlosen Körper, sodass sie losgelöst von Zeit und Raum mit Lichtgeschwindigkeit herumflitzen konnte. Direkt zu mir, um mich vom Wahnsinn zu erlösen. Ich lauschte, Bill sprach leise zu mir. »Sei froh, dass du eine Mutter hast.«

Kai krabbelte hektisch um unsere Füße herum und sammelte unter Hochdruck die Scherben auf.

»Scheiße, tut mir leid!«

»Lass liegen, ich mache das schon«, sagte ich. Und: »Trink du besser keinen Muskatnuss-Tee. Du bist ja jetzt schon total neben der Spur.«

Er nickte fahrig und wischte sich mit den Fingerspitzen den Schweiß von der Stirn. »Besser ist es.«

Swantje drehte sich im Stehen eine krumpelige Javaanse Jongens und klemmte sie sich für später hinters Ohr. Britta kratzte sich, und meine Mutter meldete sich wieder aus dem Klo: »Ey, Kids! Wie ich von meinem Sohn weiß, handelt es sich bei eurer Schülerzeitung um ein politisches Blatt. Ist das korrekt?«

Wir sahen uns ratlos an. So genau ließ sich das nicht sagen. Wir schrieben halt unsere Texte. Zur Zeit des Golfkrieges hatten Swantje und Britta einige kritische Abhandlungen verfasst. Von wegen: »Imperialisten! Hände weg vom nahen Osten!« Aber der Krieg war ja nun vorbei. In letzter Zeit ging es also eher um persönliche Inhalte, wie die Missstände im besetzten Haus oder meine Kurzgeschichten.

Meine Mutter wurde ungeduldig: »Hallo? Seid ihr noch da? Ich vermute, mein Sohn hat euch gesagt, warum ich mich in der Toilette eingeschlossen habe?«

Meine Redaktionskollegen sahen mich fragend an. Weil wieder keiner was sagte, meinte Kai schließlich mit nervösem Augenflackern: »Na ja, nicht so richtig.«

»Gestern Abend ist mein Ex-Mann gestorben. Bill Graham. Er war Jude. Er ist mit seinem Helikopter in ein Stromkabel geflogen, als er von einem seiner Benefiz-Konzerte kam.«

Meine Kollegen kullerten erschrocken mit den Augen.

»Das tut uns leid.«

»Ja. Ich war mal mit ihm zusammen.«

Kai bekreuzigte sich.

»Heilige Mutter Gottes.«

»Ja, ja, schon gut. Und außerdem habe ich gerade erfahren, dass der Vater meines Sohnes einen Konzeptroman über mein Leben plant.«

Britta machte einen Schritt nach vorne:

»Ist doch toll.«

»Ist es überhaupt nicht. Wir müssen ihm zuvorkommen, indem wir meine Geschichte in eurer Schülerzeitung erstveröffentlichen. Ich will euch nicht mit Dingen belasten, die euch nichts angehen, aber er hat mich geschwängert und mich allein mit einem ungeborenen Kind im Regen stehen lassen. Das heißt, das Limit meiner Toleranz ist längst überschritten. OKAY?!«

Meine Kollegen sahen mich verunsichert an. Ungefähr so, wie damals meine Kindergartenkumpels bei der Geburtstagsfeier, als meine Mutter ausgeflippt war. Inzwischen war ich älter und ein Meister der Deeskalation.

»Alles im grünen Bereich.«

Das war natürlich gelogen. Meine Mutter war zum Kreischen übergegangen: »OKAY?! Ich sage euch, Freunde! Ich habe noch eine gewaltige Rechnung mit ihm offen. Ich werde ihm Schmerzen zufügen, die er nie wieder vergessen wird, wenn er glaubt, mein Privatleben ungestraft der breiten Öffentlichkeit zugänglich machen zu können.«

Ich war froh, nicht allein mit ihr zu sein.

»Was ich euch aber eigentlich sagen wollte, ist, dass ich im Laufe meiner selbst auferlegten Isolationshaft ein detailliertes Konzept für die kommenden Gänscha-Ausgaben entwickelt habe. Das würde ich euch jetzt gerne vorstellen.«

Kai flüsterte: »Wie lange sitzt sie denn schon da drin?«

Ich sagte: »Seit drei Stunden.«

Und Swantje: »Was soll das denn immer mit diesem ›Konzept‹?«

Meine Mutter rief: »Geplant ist eine Art Enzyklopädie der letzten sechzig Jahre, die sich an meinem Leben entlanghangeln wird.«

Ich zuckte mit den Schultern und flüsterte: »Wir ignorieren sie einfach.«

Als hätte sie es gehört, schrie sie: »Ihr kennt doch den Spruch: Those who don't know history are damned to repeat it.«

Über den Köpfen meiner Kollegen blinkten riesige Fragezeichen.

Meine Mutter rief: »Hallo? Ihr nehmt doch hoffentlich keine Drogen?«

Kai schüttelte schnell den Kopf. »Auf keinen Fall!«

Und in dem Moment kam die erste Qualmwolke aus dem Schlüsselloch gekrochen, es stank ordentlich nach Shit.

»Raucht die da drinnen etwa Dope?«, wisperte Kai.

Ich nickte.

Kai quiekte: »Scheiße, ist das geil.«

Ich atmete genervt aus und sah hinüber zu Swantje und Britta, die sich plötzlich merkwürdig zusammenkrümmten und ihre Oberschenkel aneinanderpressten, als hätten sie furchtbare Menstruationsbeschwerden.

»Was ist?«

»Nichts. Nichts.«

»Darf ich bitte wissen, was so lustig ist?«

Sie wedelten hektisch mit ihren Händen herum und gaben Prustgeräusche von sich. Offenbar war ich der Einzige, der hier absolut nichts witzig fand.

Meine Mutter rief wieder: »Hallo? Hallo? Erde an die jungen Leute, seid ihr noch da?«

Britta und Swantje warfen sich auf die Dielen, wo sie sich zu meinen Füßen herumwälzten und stumm lachten, während ihnen die Tränen aus den Augen spritzten.

Ich sagte: »Ja, wir sind noch da und ganz gespannt auf dein Konzept.«

Jetzt ging Kai auch noch in seiner Baggy-Hip-Hopper-Jeans in die Knie und hob seine Hände mit den abgekauten Nägeln wie zum Gebet gen Himmel. Dazu flüsterte er: »Göttlich! Göttlich! Das ist so was von krass!«

Und meine Mutter schrie: »Joshua, werd nicht frech. Ich weiß, dass dich mein Konzept nicht interessiert. Aber ich habe die Hoffnung, dass deine Kollegen politisch noch nicht so abgestumpft sind wie du. Ich sage nur: Frauenpower macht Männer sauer.«

Swantje, Britta und Kai strampelten auf dem Boden herum und schnappten nach Luft. Offenkundig hatten sie richtig Spaß, während meine Mutter ganz in ihrem Element war.

»Sei bloß froh, dass du noch immer ein Mann bist. Irgendwann, wenn du reif dafür bist, werde ich dir erzählen, wie ich dein bestes Stück kurz vor knapp vor der Amputation gerettet habe.«

Das saß. Meine Kollegen kriegten sich umgehend wieder ein und starrten mich entsetzt an. Mit ihren Mündern formten sie tonlos das Wort: »Amputation?« Dabei zeigten sie in Richtung meines Genitals. Ich lächelte milde. Doch innerlich stieg ein solcher Hass in mir auf, dass ich in diesem Augenblick bereit gewesen wäre, meine Mutter an ihren ungewaschenen Haaren aus der Gästetoilette zu zerren und mit bloßer Faust zu erschlagen. Aber wie so oft in meinem Leben riss ich mich zusammen.

»Also gut. Wir holen uns die Sitzsäcke, die Pizza und unser Schreibzeug.«

Wieder puffte eine Qualmwolke aus dem Schlüsselloch heraus. Meine Mutter klang wesentlich entspannter: »Kein Stress. Ihr wisst ja: Es ist einfacher, mit Dope durch geldlose Zeiten zu kommen, als mit Geld durch dopelose Zeiten.«

»Alles klar.«

»Habt ihr auch ein Stück Pizza für die alte Lady? Das wäre zauberhaft.«

Ich sah hinüber zu Bill, als sei er irgendwie lebendig, und flehte ihn innerlich um Hilfe an: »Was soll ich nur tun?« Wieder meinte ich zu erkennen, dass er seine Lippen bewegte: »Sei nachsichtig mit ihr. Sie hat viel durchgemacht.« Vielleicht hatte er recht. Er erklärte: »Wir alle sind Verfolgte unserer eigenen Geschichte.« Wieder kam eine dicke Qualmwolke aus dem Schlüsselloch, begleitet von dem leiernden Singsang meiner Mutter: »Bill – also, mein Exmann, der gestern in das Stromkabel geflogen ist – der mochte es gar nicht, wenn ich und die anderen uns die Birne zugeballert haben. Er wollte doch einfach nur eine neue Kulturform schaffen. Multimedia, wisst ihr?«

»Klaro.«

»In diesem Sinne möchte ich euch bitten, keine Drogen zu konsumieren.«

»Okay. Ja, klar.«

Sieben

Meine Kollegen und ich errichteten uns räuspernd vor der Toilettentür ein Sitzsacklager und stellten das Holzbrett mit der Pizza in die Mitte. Kai reichte meiner Mutter ein zusammengefaltetes Stück durch den Türschlitz und dann warteten wir auf ihre nächsten Instruktionen. Wir hatten noch eine Stunde Zeit, bis meine hilfsbereiten Corpsbrüder kommen würden. Für den Abend war im Wohnheim ein uriger Willkommens-Umtrunk geplant. Ich schluckte. Garantiert würde es nicht lange dauern, bis die Jungs spitzkriegten, dass ich erst in die elfte Klasse ging. Und was die mit Verrätern anstellten, wollte ich mir lieber nicht vorstellen.

Hinter der Tür hustete meine Mutter und fragte: »Seid ihr breit? Ich meine be-reit?«

Gleich kicherte Kai wieder los, als hätte er ebenfalls kräftig am Joint gezogen. Er war regelrecht von den Socken.

»Ja, Chefin. Wir sind be-reit.«

Zum Glück war meine Mutter so in Fahrt, dass sie die Betonung großzügig überhörte.

»Okay, junge Leute, Folgendes: Da ich schon ein paar Semester älter bin als ihr, habe ich wesentlich mehr Lebenserfahrung. Aus diesem Grund handeln wir pro Sitzung je ein Jahrzehnt meines Lebens ab, das ihr dann in die nächste Gänscha-Ausgabe hebt.«

Britta und Swantje sahen mich mit hohlem Blick an, und ich merkte deutlich, dass sie nicht wussten, ob meine Mutter ihnen sehr gut oder gar nicht gefiel. Ich nickte vor mich hin, um die Angelegenheit möglichst schnell hinter mich zu bringen.

»Tja-ja.«

»Meine ganz persönliche Geschichte soll euch und euren Mitschülern helfen, eine bessere Welt zu kreieren. Verstanden?«

»Ja. Okay. Machen wir.«

»Ihr denkt vermutlich: Hä? Wie soll das gehen? Ich kann es euch sagen: Der einzelne Mensch steht symbolisch für die Gesellschaft. Das heißt: Was mir widerfährt, widerfährt der Gesellschaft, also euch. Und das, was euch widerfährt, ist nicht gut. Es unterdrückt eure persönliche Entwicklung, hin zu einem frei agierenden Menschen. Darum wird es Zeit, dass die Menschen sich wieder auf die kulturelle Revolution besinnen – beziehungsweise: sich die Haare wachsen lassen.«

Kai räusperte sich und hob den Finger, als wolle er von meiner Mutter aufgerufen werden.

»Kai, sie kann dich nicht sehen«, sagte ich.

Er nickte verlegen und stotterte ins Schlüsselloch: »Frau, äh, was genau meinen Sie damit?«

»Ich meine damit, dass das weibliche Geschlecht sich endlich auf sein gottgegebenes, intellektuelles Potential besinnen sollte. Es wird Zeit, dass Frauen wieder ihre ungeborenen Kinder abtreiben lassen können – wann immer sie wollen. Diese Hollandfahrerei ist doch eine Schande!«

Swantje nahm ihre Brille ab und sah fragend in die Runde: »Wieder??? Gab's das schon mal in Deutschland?«

»Ist doch egal«, flüsterte ich.

Meine Mutter faselte weiter: »Es wird Zeit, dass die Männer uns Frauen nicht länger unterdrücken. Es geht um die Verteidigung ursprünglich biologischer Werte! Es wird Zeit für den Kommunismus. Nieder mit dem Kapitalismus … Habt ihr das notiert?«

Bevor wir uns den irren Salat noch einmal anhören mussten, riefen wir eilig im Chor:

»Ja!«

»Wobei, streicht das, was ich gerade über den Kapitalismus gesagt habe. Das ist natürlich Käse. Bills und meine Lieblingsbeschäftigung war es – um ehrlich zu sein – Dollars zu zählen, also die Einnahmen der Nacht. Ihr könnt es nicht wissen, aber Bill wurde ja eigentlich von allen nur der Fillmore-Bill genannt.«

»Wir haben es gestrichen.«

»Ich meine, Bill hat das geschafft, was die Frauenbewegung nie fertiggebracht hat: Er hat schwarze und weiße Acts gemeinsam auf die Bühne gebracht – wenn wir jetzt mal ›schwarz‹ und ›weiß‹ mit ›Mann‹ und ›Frau‹ vergleichen würden. Da herrschte absolute Gleichheit. Wenn ihr so wollt, war mein Ex der größte Feminist.«

Brittas Pupillen rollten nervös über ihre Augäpfel. »Bin ich zu blöd? Ich verstehe nichts von dem, was sie sagt.«

Kai atmete tief ein und hob niedergeschlagen die Hände.

»Ich auch nicht.«

Die Stimme meiner Mutter wurde lauter: »Das Fillmore, liebe Leute, war *das* Musiktheater in Frisco. Da haben so ziemlich alle namhaften Acts dieser Welt gespielt. Ich meine wirklich alle.«

»Aha.«

Hinter der Tür fing meine Mutter plötzlich wieder an zu schluchzen.

»Und sobald Bill am Ende der Nacht nach Hause kam, kippte er die Scheine auf den Küchentisch und rief: ›Los, Bonnie, raus aus der Kiste!‹ Das war unser Ritual. Während er sich frisch machte, zählte ich schon mal los. Ich meine, jetzt, wo er nicht mehr unter uns weilt, kann ich es euch ja sagen, dass ich bei der Gelegenheit ab und an mein Haushaltsgeld aufgebessert habe. Was nicht heißen soll, dass Bill sich nicht auf mich verlassen konnte …«

»Mama, ich unterbreche dich nur ungern, aber meine Kollegen haben heute noch was vor und …«

Meine Mutter schnäuzte sich kräftig, dann atmete sie geräuschvoll ein.

»Könnt ihr kein Steno oder was?«

Seufzend nahmen wir wieder unsere Blöcke zur Hand.

»Wir dachten nur, du fängst mit deinem ersten Lebensjahrzehnt an, als du noch …«

»Ja, sicher, da komme ich gleich dazu. Ich muss nur erst mal meinen ›Stream of Consciousness‹ anwerfen, um in die Thematik reinzukommen. Die Erinnerung an Bill tut einfach zu weh. Versteht ihr? Sie versperrt mir die Sicht auf das, was war. Sie verschleiert alles. Ich werde mein Sweetheart nie wieder in die Arme schließen können. Er ist jetzt kalt.«

»Okay.«

»Ich werde mich erst durch den Nebel der Trauer kämpfen müssen, um wieder ein Feeling für den Stoff meiner Jugend zu kriegen. Den Groove des sprühenden Lebens spüren, wenn ihr so wollt. Schreibt einfach mit. Ich werfe euch die Goldklumpen hin. Polieren müsst ihr selbst.«

Kai massierte sich die Schläfen, als hätte er hämmernde Kopfschmerzen. Wir anderen machten ein paar Notizen. Offenbar kaute meine Mutter gerade auf einem ziemlich großen Stück Pizza-Käse herum. Ihre Worte waren kaum zu verstehen: »Okay, Kids! Die Überschrift für das erste Kapitel lautet: Wie Himmler mein rosa Kaninchen stahl. Habt ihr das?«

Ich sagte: »Jep.«

Doch Swantje meinte: »Entschuldigung, aber heißt das nicht ›Als Hitler das rosa Kaninchen stahl?‹«

Britta kratzte sich nun schon an den Kniekehlen und versuchte, ein Gähnen zu unterdrücken. »Ist doch egal.«

Kai schien sich langsam auf die Seite meiner Mutter zu schlagen: »Das ist doch der Witz an der Sache. Ihr seid echt null selbstironisch.«

Ich klopfte an die Tür. »Ja, bitte? Wie geht's weiter?«

Meine Mutter brüllte los: »Es war ja nun so, dass meine Mutter sich stark von meinem Vater unterdrücken ließ. Und darum unterdrückte sie mich. Bei der Erziehung meines einzigen Sohnes – er sitzt mitten unter euch – entschloss ich mich, es anders zu machen. Ich erzog ihn antiautoritär. Ich brachte ihn dazu, seine sexuellen Bedürfnisse bereits als Kind voll auszuleben. Dazu komme ich später noch ausführlich.«

Offenbar sollte mir nichts erspart bleiben.

»In jedem Fall war meine Mutter die Frau eines Ministers. Und wie die Geschichte es so wollte, kam uns Heinrich Himmler eines Tages mit seiner Frau besuchen. Er mochte meine Mutter recht gerne – kein Wunder! Sie war groß und blond und hatte blaue Augen. Ich sage nur: Arisch bis zum Anschlag! Er bot ihr an, in einem seiner Lebensborne als Erzieherin anzufangen. Als Erzieherin! Darf ich mal bitte lachen! Wir wussten natürlich, dass Himmler die SS führte, und so einiges hatten wir schon über ihn gehört. ›Aber besonders Negatives eigentlich nicht‹, wie meine Mutter heute noch gerne betont. Ich will euch ja nicht langweilen, Kids, aber meine Mutter hat mein Leben zerstört. So viel ist klar.«

Meine Kollegen und ich hatten einige Stichpunkte mitgeschrieben, und Britta hatte zusätzlich ein Kaninchen mit drei Köpfen und zehn Ohren gemalt. Dazu zwei, drei zerbrochene Hakenkreuze, die in Flammen standen.

Swantje nahm ihre Nickelbrille ab und rieb sich die Augen. Kai schlug sich, um wach zu bleiben, mit der flachen Hand rhythmisch rechts und links auf die Wangen und machte dazu mit den Lippen merkwürdige Plopp-Geräusche. Dann setzte sich Swantje ihre Brille wieder auf und beugte sich zu mir herüber: »Kommt sie aus einer Nazi-Familie?«

Sie machte auf mich einen leicht beunruhigten Eindruck. Ich zuckte mit den Schultern. »Keine Ahnung.«

Meine Freundin mit den grünen Haaren zog die Augenbrauen hoch und biss sich auf die aufgesprungene Unterlippe. Ein bisschen Labello hätte ihr durchaus gut getan. Mir tat alles weh, in meinem Kopf schäumte und brodelte es, und ich überlegte die ganze Zeit, wie ich das Zusammentreffen meiner Gänscha-Redaktion mit den traditionsbewussten Verbindungsbrüdern verhindern konnte.

Unterdessen referierte meine Mutter munter weiter: »Wie auch immer. Die Frau von Himmler hatte diese ungünstige Konstellation aus einem zu kurzen Oberkörper …«

Wir legten unsere Blöcke weg, schüttelten unsere verkrampften Hände aus und schlossen kollektiv die Augen. Hilflos lauschten wir dem intensiven Gefasel meiner Mutter aus der Gästetoilette. Gerade war sie dabei, detaillierter auf das maßgeschneiderte Kostüm von Frau Himmler einzugehen. Anschließend kam sie auf ihre traumatische Kindheit zurück: »Angst, Verzweiflung, die totale Einsamkeit. Seit meiner Jugend bin ich komplett auf mich gestellt, was die Verarbeitung meiner komplexen Kindheit anbelangt. Hätte ich damals nicht die Fotografie als Ausdrucksmöglichkeit für mich entdeckt, ich weiß nicht, was aus mir geworden wäre. Vermutlich wäre ich durchgedreht.«

Sie quatschte und quatschte. Schließlich raffte ich mich auf und öffnete unter enormer Kraftanstrengung die Augen.

»Mama, es tut mir leid, aber wir müssen die Sitzung jetzt abbrechen. Mir geht es nicht sonderlich gut.«

»Was ist los? Hat Willem dir etwa LSD gegeben?«

»Nein.«

»Was dann? Hat er dir erzählt, dass er dein Vater ist?«

»Ja.«

»Das hätte ich mir denken können. Dieser Vollidiot. Er konnte noch nie die Klappe halten. Genau wie damals, als er Rainer unbedingt erzählen musste, dass er mich noch immer vögelt.«

»Ja, und zwar auf meinem grünen Verkehrsteppich!«

»Woher weißt du das?«

»Rate mal!«

Meine Redaktionsmitglieder zogen die Luft durch ihre Zähne ein und klopften nervös mit den flachen Händen auf ihren Oberschenkeln herum. Kai glitzerten ein paar Schweißperlen auf der Stirn, seine kurzen Haare standen wie die Stachel eines Igels feucht vom Kopf ab.

»Okay, ich denke, wir gehen dann mal. Die Einzelheiten können wir ja noch morgen in der Schule im SS … äh … SV-Raum besprechen.«, sagte er.

Als wir aufstanden, trat Britta mit ihrer Socke auf den Rest Pizza, dass es quietschte.

»Entschuldige!«

Ich machte eine wegwerfende Handbewegung.

»Kein Problem. Tritt sich fest.«

Swantje klopfte mir auf die Schulter und sah mich über den dünnen Rand ihrer Brille an.

»Willst du reden, Josh?«

»Vielleicht später. Ich ruf dich an.«

Sie nickte und brachte die plattgetretene Pizza in die Küche, während meine Mutter sich in ihrem Refugium erneut in Rage redete: »Wir hatten uns darauf geeinigt, dass die Wahrheit über deine wahre Herkunft nie ans Tageslicht kommt. Und jetzt das. Dieses Scheiß-Owsley-Acid hat ihm definitiv das Hirn verbrannt. Ich werde ihn umbringen. Josh, das musst du übernehmen. Du musst dir wiederholen, was er dir genommen hat. Deine Ehre oder so. Er kann nicht einfach rumrennen und dich der Illusion einer heilen Kindheit berauben. Ich meine, er hat dir soeben deine eigene Identität unter den Füßen weggerissen. Du hängst jetzt total in der Luft und hast keine Ahnung, wer du eigentlich bist. Du hast keine Geschichte mehr. Scheiße, ich weiß genau, wie sich das anfühlt.«

Ich schlug nur ganz leicht mit meinem Hinterkopf gegen die Wand zwischen den beiden Bill-Bildern. Nur so viel, dass es ein bisschen wehtat. Britta sah mich mit ihren großen braunen Augen lieb an und fuhr mir mit der Krätzehand über mein Stirnhaar.

»Du Armer!«

Einen größeren Gefallen hätte sie mir in diesem Augenblick der totalen Ernüchterung wahrhaftig nicht tun können. Plötzlich war ich aufs Angenehmste von der schlichten Sorge erfüllt, mich am Kopf gerade mit Krätze anzustecken. Diese Sorge tat gut. Weit und warm wurde es um mich herum. Einer sandigen Wüste gleich. Hier wollte ich für immer bleiben und mich ganz der Krätzesorge hingeben. Ich legte meine Hand auf Brittas untertunnelte Hand, drückte sie fest auf mein Haar und flüsterte: »Danke! Genau das habe ich gebraucht.«

Kai zappelte unruhig mit seinen eingeschlafenen Beinen herum und machte ein paar Kniebeugen und Luftsprünge. Dann sah er die bebilderte Flurwand hinunter und zum Abschied meinte er laut: »Und die Fotos haben Sie wohl alle gemacht, ja?«

Nur kam leider keine Reaktion mehr aus der Gästetoilette.

Kai klopfte vorsichtig an die Tür, sodass einige hellgrüne Farbpartikel abblätterten.

»Hallo? Sind Sie noch da?«

»Äh, ja. Ich musste gerade mal kacken. Tut mir leid.«

»Ist schon okay.«

Ich geleitete meine erschlaffte Redaktion bis zur Haustür und verabschiedete sie. Swantje, Britta und Kai stiegen auf ihre Fahrräder und fuhren, betreten winkend, durch das kühle Nachmittagslicht und die heruntersegelnden Blätter in Richtung Wald davon. Das Letzte, was ich sah, waren ihre aufgenähten Peace-Zeichen.

Acht

Swantje kam schon nach ein paar Minuten mit beschlagener Nickelbrille und außer Atem wieder zurück. Als ich die Haustür öffnete, sagte ich spontan: »Kannst du mir einen Gefallen tun?«

Als hätte ich geahnt, dass sie zurückkommen würde. Mit rot glühenden Wangen und einem seltsam erwachsenen Lächeln, das ich bei ihr noch nie gesehen hatte, meinte sie: »Exakt aus diesem Grund bin ich zurückgekommen, werter Josh.«

Es war magisch. Ich ließ sie rein, sofort umflorte mich außerordentlicher Schweißgeruch – und bevor ich die Tür hinter uns geschlossen hatte, überwand ich mich und fragte freundlich: »Brauchst du Deo?«

Für Swantje war das kein Problem.

»Wenn du welches da hast?«

»Klar.«

Ich holte ihr den Deo-Kristall meiner Mutter aus dem Bad im ersten Stock.

Als sie sich in der Küche den Stein mit etwas Leitungswasser unter die Arme gerieben hatte, schlug ich vor: »Theoretisch könnte ich doch bei dir im besetzten Haus wohnen, oder?«

Sie gab mir das Deo zurück. »Es wäre mir eine Ehre.«

Die gleiche Antwort hatte ich am Vormittag von meinen stolzen Verbindungsbrüdern auf die gleiche Frage bekommen. »Es wäre uns eine Ehre.« Nur wollte ich irgendwie nicht mehr zu denen. Ich dachte, nach der Himmler-Geschichte wäre es angezeigt, politisch einen etwas umweltbewussteren Kurs als meine Vorfahren einzuschlagen.

»Dann müssen wir uns allerdings mit dem Abhauen beeilen«, sagte ich.

Swantje zog sich ihre labbrigen Strickpulloverärmel über die Hände. »Warum?«

»Weil gleich ein paar Leute kommen, die denken, dass ich in Zukunft bei ihnen wohnen werde.«

»Was sind das für Leute?«

»Meine Verbindungsbrüder.«

»Hä? Nazis?«

»Nein, nur welche, die ihr Vaterland lieben.«

Am Ende blieben wir doch bei uns, weil Swantje meinte, dass die Öfen im besetzten Haus nicht funktionierten. Ebenso die Abflüsse in den Toiletten. »Jetzt pinkeln alle einfach in die Ecken.« Außerdem brachte ich es nicht fertig, meine Mutter sich selbst zu überlassen. Vermutlich wäre sie sonst in ihrer Gästetoilette verhungert. Sie war ein Wrack, vollkommen lebensunfähig. »Joshilein! Such mir dieses orangefarbene Buch raus! *Ganz entspannt im Hier und Jetzt.*« Und während meine Mutter versuchte, sich im Gästeklo durch Isolation von ihrem Ego und der Marter des Lebens zu befreien, öffneten Swantje und ich nicht die Haustür, als meine getreuen Verbindungsbrüder mit einem schwarzen Lieferwagen vorfuhren. Schmale Nebelschwaden zogen dicht über die welken Blütenstände im Vorgarten. In dunkelblauen Blazern mit Einstecktüchern in den Brusttaschen und Siegelringen an den Fingern, kamen sie als geschlossene Formation auf unser Haus zu. Sehr eindrucksvoll. Schnell hockten Swantje und ich uns in meinem Zimmer hinter die Fensterbank und lugten an dem kleinen vertrockneten Kaktus im Plastiktöpfchen vorbei nach draußen. Swantje atmete neben mir in ihr rot-weißes Palästinensertuch. Ihre Hand mit den gelb gefärbten Nikotinfingern lag zur Beruhigung auf meinem Rücken. Sie hatte begriffen, in was für einem ideologisch verwirrten Leben ich steckte.

»Hauptsache, du hast keinen Mietvertrag unterschrieben«, sagte sie.

»Um Gottes willen, nein!«

Sie schob ihre Nickelbrille etwas herunter und sah darüber hinweg. »Wirklich nicht?«

Eine Woche später schrieb ich meinen Corpsbrüdern einen Dankesbrief mit dem Siegelringabdruck meines Großvaters, in dem ich bemerkte, ich sei zum vereinbarten Zeitpunkt bedauerlicherweise verhindert gewesen, da meine Mutter plötzlich schwer erkrankt sei. Sie schrieben mir zurück, dass sie meiner »Frau Mama« und mir alles Gute wünschten und ich jederzeit bei ihnen im Wohnheim willkommen sei. Ich behielt meine höflichen Kameraden als Option im Hinterkopf.

An diesem Abend brachte ich Swantje dazu, doch noch schnell ein Bad zu nehmen, sich tüchtig abzuschrubben und ein frisches T-Shirt von mir anzuziehen. Während sie oben im Bad war, ich schon wieder vor Bills Fotografie klebte und fragte: »Warum bist du nicht mein Vater?«, klingelte es vorne an der Haustür. Ich machte mir beinahe in die Hosen, weil ich dachte, meine Brüder wären noch mal zurückgekommen, um mich mit Gewalt zu verschleppen. Ab und zu neigte ich zur Paranoia. Besonders, wenn ich Leute belog oder enttäuschte. Dabei wollte ich niemanden enttäuschen – besonders nicht meine Brüder. Überhaupt hatte ich nicht vor, ideologischen Gruppierungen zur Last zu fallen – so wie meine Mutter das immer gern getan hatte. Bill zwinkerte mir zu und meinte: »Steh deinen Mann!«

Also spähte ich vorsichtig durch mein Fenster nach draußen in die Dunkelheit. Unter dem gelblichen Eingangslicht stand unser Nachbar Walter, der Vater der beiden Jungs, die nebenan wohnten und begeistert »Hallo, Joshi!« riefen, wenn sie mich irgendwo am Horizont erspähten. Ich mochte die beiden Jungs wirklich gerne. Früher hatte ich öfter mal mit ihnen gespielt und ihnen gezeigt, wie man Stinkbomben in Nachbargärten warf, bis Ina und meine Mutter aus mir ihren Haussklaven gemacht hatten. Gleich kamen wieder ein paar schmerzhafte Bilder hoch: Ich mit einem Tablett in Händen. Ich mit Putzlappen auf den Knien. Ich am Bügelbrett. Ich beim Vorhängewaschen. Ich beim Bettenmachen. Aber ich drückte die bitteren Erinnerungen zurück in die hinterste Kammer meines Herzens, schob einen Riegel davor und öffnete die Tür. Walter hob seine schmale Hand mit den langen Fingern. Er war Architekturdozent an der Fachhochschule.

»Grüß dich, Joshi.«

»Walter, was gibt's?«

»Deine Mutter hat sich vor ein paar Wochen einen Topf von uns ausgeliehen. Den bräuchten wir jetzt eigentlich dringend wieder.«

Walter fuhr sich mit der Hand über seine Halbglatze, runter über seinen angegrauten Bart. Ich nickte vor mich hin und überlegte, welchen Topf er wohl meinte.

»Wie sieht er denn aus?«

»Orange. So ein neues Teil aus Frankreich. Ziemlich schwer. Aus Gusseisen.«

»Okay.«

Diesen Topf hatte ich bei uns noch nie gesehen.

»Moment, ich frag mal meine Mutter.«

»Ist sie da?«

Walter machte in seinen dunkelblauen Segelschuhen einen

Schritt über die Schwelle auf unseren hellbraunen Kokosteppich, aber ich stellte mich wie zufällig so vor ihn hin, dass er nicht weiterkam.

»Ja, aber ihr geht es gerade nicht so gut.«

»Ach! Was hat sie denn?«

Ich zuckte mit den Schultern und seufzte halblaut: »Irgendwas mit der Psyche.«

Walter nickte verstehend und holte aus der Hintertasche seiner Hose eine leere Pfeife, die er sich zur Entspannung in den Mund steckte.

»Und wie geht es dir? Du siehst ein bisschen blass aus. Isst du Gemüse? Obst? Willst du mal wieder zu uns zum Essen rüberkommen? Ella kocht doch jeden Abend Bio und sie würde sich wirklich über deinen Besuch freuen. Die beiden Jungs natürlich auch.«

Ich umklammerte von innen die Klinke, damit die Tür auf keinen Fall weiter aufzudrücken war. Unten verkeilte ich meinen Fuß als zusätzliche Maßnahme. Und bei all diesen Maßnahmen schaffte ich es auch noch, entspannt zu lächeln.

»Ja, warum nicht. Gerne.«

Mir war klar, dass daraus nie etwas werden würde. Walter und seine Familie wussten nämlich ganz genau, wie hier bei uns der Hase lief. Meine Mutter hielten sie für vollkommen irre. Um an stichhaltige Beweise ranzukommen, würden sie mich beim Essen über meine sozialen Verhältnisse ausquetschen, um mir am Ende die Fürsorge auf den Hals zu hetzen. »Es ist nur zu deinem Besten!« Bis zur Volljährigkeit müsste ich dann mein Dasein in einem kaltherzigen Heim fristen. Walter und seine Frau Ella waren Eins-A-Sozialdemokraten, 100 Prozent auf dem Psychologie-Trip. Nach dem Motto: Du bist okay, ich bin okay. Sie sahen sich in der Pflicht, überall zu helfen, wo Not am Mann war. Ich mochte sie schon, aber die Fürsorge mochte ich gar nicht. Einmal hatte ich wegen der beiden schon mal eine Nacht im Heim verbringen müssen, als meine Mutter nackt und voll auf LSD mit einer Axt im Vorgarten versucht hatte, unsere Hauswand einzureißen. »Ich brauche Space! Ich ersticke!«

Im Heim war mir gleich von einem Insassen mit dem Klappmesser die Oberlippe aufgeschlitzt worden, weshalb ich sofort ins Krankenhaus umziehen durfte. Da wiederum fand ich es eigentlich recht nett. Da war Ruhe. Nur ein paar freundliche Schwestern kümmerten sich um mich und machten Scherze mit mir, obwohl ich wegen der genähten Lippe nicht lachen sollte.

Jetzt hob ich meinen Finger, zum Zeichen, dass ich gleich wiederkommen würde und Walter sich keinen Millimeter vom Fußabtreter runterbewegen sollte. Walter nickte angespannt, und ich ging schleunigst rüber zur Gästetoilette und klopfte an.

»Mama?«

Sie klang verschlafen.

»Was?«

»Walter ist da und will den Topf wieder holen.«

»Welchen Topf?«

»So einen orangefarbenen aus Frankreich, den du dir neulich von Ella ausgeliehen hast.«

»Ach, der. Steht unter meinem Bett. Aber Vorsicht! Da ist noch was drin.«

Ich rannte die Treppe hoch und krabbelte über den knirschenden Strohteppich am Bett entlang. Ich musste die herunterhängende Häkeldecke anheben, um was zu sehen. Da war ja der Topf. Ich zog ihn hervor und übergab mich um ein Haar. Willem und meine Mutter passten richtig gut zusammen, was das Ansammeln von Ekligkeiten unter Betten anbelangte. Sie hatte den französischen Topf als Nachtschüssel verwendet. Und zwar nicht nur für das

»kleine« Geschäft. Ich würgte und schleppte das Hundert-Kilo-Teil vorsichtig über den Flur Richtung Bad und klopfte nun hier an.

»Swantje?«

»Ja?«

»Darf ich reinkommen?«

»Klar!«

Meine neue Mitbewohnerin riss die Tür auf. Heißer Wasserdampf schlug mir entgegen. Dahinter stand sie, in mein großes Badehandtuch gewickelt, und grinste verwegen. Fehlte bloß noch, dass sie es herunterrutschen ließ. Kurz überlegte ich, ob ich etwas für sie empfinden sollte, einfach, um endlich mal eine positive Erfahrung mit einem weiblichen Wesen zu machen. Ich dachte, es sei vielleicht ganz günstig, meinem Leben einen neuen Sinn zu geben, beziehungsweise es überhaupt erst einmal beginnen zu lassen.

»Danke.«

Mit dem Topf schlängelte ich mich an ihr vorbei und schüttete die Ausscheidungen meiner Mutter ins Klo. Dann spülte ich ihn in der Badewanne gründlich mit *Duschdas* aus und trocknete ihn mit einem Knäuel Klopapier ab. Swantje guckte komisch und rieb sich erneut unter den Armen mit dem Deo-Stein meiner Mutter ein.

»Entschuldige, Josh. Was machst du da?«

»Ich gebe unseren Nachbarn ihren Kochtopf zurück.«

»War das gerade eine Kackwurst, die du da rausgeschüttet hast?«

»Ja, aber nicht von mir.«

»Ich kotze.«

Um zu verhindern, dass Swantje mich zukünftig immer mit dem Bild einer Kackwurst in Verbindung brachte, solche Widerwärtigkeiten brennen sich bekanntlich schnell ins Gehirn, versuchte ich ein Ablenkungsmanöver.

»Brauchst du einen Föhn?«

Doch sie schien sich bereits jenseits von Gut und Böse zu befinden. So als hätte sie sich unter der Dusche sexuell stimuliert. Davon hatte ich als Zehnjähriger in der BRAVO gelesen, die Bettina und ich uns heimlich am Kiosk besorgt und in unseren Unterschlupf mitgenommen hatten. Swantje strahlte mich merkwürdig an.

»Hast du einen?«

Ich holte ihr den Föhn aus dem Klappschränkchen über dem Waschbecken. »So frisch geduscht fühlst du dich bestimmt richtig gut.«

»Absolut.«

Dann rannte ich mit dem Topf wieder die Treppe runter und reichte ihn Walter, der inzwischen bis in unseren Korridor vorgedrungen war und unauffällig rechts und links in die Zimmer sah. Vermutlich um festzustellen, ob ich ein Messi war, der zwischen Bergen von Müllsäcken schlief. Eher das Gegenteil war der Fall. Ich benötigte absolute Ordnung. Fast wie ein Geisteskranker. In meinem ehemaligen Kinderzimmer standen nichts als zwei Betten und ein Schreibtisch. Die Bücher, die ich in der Schulbücherei mitgehen ließ, stapelte ich auf dem Boden an der Wand entlang. Darüber hatte ich einige Notizen zu Kurzgeschichten gepinnt. Also Gedanken, die mir kurz vor dem Einschlafen einfielen: »Ich fühle mich wie eine Impression. Verboten, versteckt, aufgehalten in seiner Vielfalt …«

Ich reichte ihm den zentnerschweren Topf. »Danke noch mal. Und tut mir leid, dass wir ihn nicht eher zurückgebracht haben.«

Walter ständerte in seiner weißen Bundfaltenhose von einem Fuß auf den anderen, sodass der Kokosteppich unter seinen Sohlen knirschte. Er gab sich alle Mühe, cool zu sein.

»Kein Ding. Und? Was machst du heute noch so?«

»Ich habe Besuch da.«

Ich zeigte mit dem Finger nach oben.

Walter riss irritiert die Augen auf und nickte noch doller. Irgendwas schien ihm auf der Seele zu brennen. Als wolle er mir signalisieren, dass ich ihm nur ein geheimes Zeichen geben müsse, wenn etwas nicht stimmte. So als würde ich von einer gefährlichen Sekte festgehalten werden. Ich lächelte.

»Na, dann. Auf bald.«

»Ja, auf bald.«

Rückwärts zog er sich zurück, und ich gab der Tür einen leichten Schubs, sodass sie ins Schloss fiel. Gleich darauf wurde von außen die Briefklappe in der Tür angehoben und Walter rief durch den Schlitz: »Wenn du rechtlichen Beistand brauchst, gib uns Bescheid, dann besorgen wir dir eine Kontaktadresse für Minderjährige in Not.«

Ich beugte mich etwas runter und rief zurück: »He, super! Danke! Gut zu wissen.«

Kurz blieb ich mit Blick in mein fast leeres Zimmer im Flur stehen, atmete tief ein und aus, um mich in meiner Gesamtheit zu spüren, und wusch mir dann in der Küche mit Spülmittel gründlich die Hände. Anschließend zündete ich im Wohnzimmer ein paar Bündel altrosa Räucherstäbchen an und schob Swantje und mir noch zwei Tiefkühl-Pizzas in den Ofen. Als der Käse nach achtzehn Minuten goldbraun war, pflanzten wir uns damit auf die mit Styroporkügelchen gefüllten Sitzsäcke.

Während des Essens erzählte ich Swantje von der Kurzgeschichte, die ich gerade fertiggestellt hatte. Sie hieß *Er war mein Sohn*. Darin ging es um einen Skinhead, der Selbstmord begeht. Ich las ihr einige Passagen daraus vor, unter anderem die, in der der junge Skinhead reflektiert, warum er gezwungenermaßen zum Skinhead wurde. Natürlich ist das gestörte Verhältnis zu seinem Vater daran schuld. Der Vater versteht eben nicht das Individualitätsbestreben seines Sohnes, weshalb er ständig versucht, ihn in seiner Freiheit zu beschneiden. Als der junge Skinhead dann tot ist, beneidet der Vater seine trauernden Skinhead-Freunde, die gemeinsam am Grab Bier trinken können, und lässt sich aus Solidarität zu seinem Sohn die Haare lang wachsen.

Swantje hatte Tränen in den Augen. »Scheiße, Josh. Die Geschichte ist der Hammer. Sie zeigt die Missstände unserer Gesellschaft. Du musst sie unbedingt an einen Verlag schicken.«

»Ich glaube, meine Mutter hat mich dazu inspiriert.«

Unter mir knirschte der Sitzsack. Ich legte mein Manuskript auf Pearls Teppich und zum ersten Mal in meinem Leben spürte ich so etwas wie echte Verbundenheit zu einem anderen Menschen. Gerade konnte ich mir sogar vorstellen, Swantje trotz Damenbart zu küssen. Dabei hätte ich ihr unauffällig die Nickelbrille abgenommen. Ich räusperte mich, und mein Herz klopfte. Dauernd musste ich zu ihrem Mund hinsehen. Ich hätte mich einfach auf meinem Sitzsack etwas in ihre Richtung vorarbeiten können. Irgendetwas flüstern können, sodass Swantje wusste, wie meine Planung aussah.

Nachdem wir uns ungefähr eine halbe Stunde bis Stunde in die Augen geguckt hatten und ich mir inzwischen en détail vorgestellt hatte, wie es sein könnte, Swantje sanft über den Rücken zu streichen, klingelte das Telefon. Wir zuckten heftig zusammen. Kai war dran.

»Wisst ihr, was passiert, wenn man geriebene Muskatnuss trinkt?«

»Nein. Was denn?«

Ich hielt den Hörer so, dass Swantje alles mitbekam.

»Kann ich euch nicht sagen«, raunte Kai.

Wir raunten zurück: »Warum nicht?«

»Vielleicht wird das Telefon abgehört.«

»Von wem das denn bitte?«

»Na, vom BND natürlich.«

Swantje tippte sich an die Stirn und ließ genervt die Pupillen kreisen. Also sagte ich: »So ein Quatsch. Worum geht's?«

Kai wisperte: »Ich rede von D-R-O-G-E-N.«

»Ich dachte, es geht um die Muskatnuss.«

»Ja, genau. Die Muskatnuss ist eine Droge. Eine krass gefährliche Droge. Nach dem Genuss ist man vom ersten Halswirbel an abwärts gelähmt. Seit vorhin kann ich nur noch auf dem Sofa rumliegen und an die Zimmerdecke starren. Das war krass peinlich, als meine Mutter nach Hause kam. Sie hat mich immer angestoßen und gesagt: ›Kai, steh auf! Bring den Müll raus!‹ Da habe ich aufs Sofa gepinkelt.«

Neun

Im Frühsommer 1992 war meine Mutter noch immer nicht aus unserer Gästetoilette gekommen. Dafür wohnte Swantje jetzt offiziell bei uns. Sie schlief in Bettinas altem Kinderbett, das im rechten Winkel zu meinem stand. Abends ging es um die großen Themen. »Ich habe mir vorgenommen, jeden zu mögen. Die Sorgenfalten über meinen Augen entspannen sich nämlich nicht mehr«, sagte ich zum Beispiel. Und dann zündete sich Swantje im Dunkeln eine Zigarette an und blies langsam und hörbar den Rauch aus: »Und was hältst du von Abtreibung, Joshi?«

Ich sagte nichts dazu. Ich war totaler Abtreibungsgegner. Aber diese Ansicht war in diesem Hause eher unpopulär, so viel war klar. Weil ich also nicht reagierte, meinte Swantje schließlich in trockenem Tonfall:

»Entweder ich zerstöre den Fötus oder der Fötus mich.«

»Bist du schwanger?«, fragte ich.

Augenblicklich knipste sie die kleine gelbe Klemmlampe an ihrem Kopfende an, setzte sich schnell ihre Brille auf und meinte ziemlich genervt: »Könntest du mir bitte den Gefallen tun, anzufangen, die Dinge weniger emotional zu betrachten! Hier geht es um grundsätzliche Konzepte.«

Ich nickte, und Swantje knipste das Licht wieder aus. Ich starrte im Dunkeln in Richtung Zimmerdecke und hatte echte Schwierigkeiten mit der konzeptionellen weiblichen Sichtweise. Schließlich wäre ich ihr im embrionalen Stadium meines Daseins beinahe selbst zum Opfer gefallen – hätte es sich bei meinem Zeugungsmaterial nicht um Willems heiliges Sperma gehandelt. Wobei »embrionales Dasein« natürlich als Begriff schon eine heikle These war.

Ich stopfte mir das Kissen im Nacken zurecht und traute mich mal was. »Ich finde, das vom Menschen erstellte Konzept zur Regulierung des eigenen Lebens tritt immer dann außer Kraft, wenn sich ein emotionaler Aspekt ins große Vorhaben einmischt.«

Swantje schmatzte im Halbschlaf: »Vollkommen richtig. Darum habe ich beschlossen, im Gegensatz zu deiner Mutter, keine Gefühle mehr zuzulassen. Als intellektuell agierende Frau kommt man auf diese Weise definitiv weiter.«

»Und was ist mit Liebe?«

»Kack auf die Liebe!«

Swantje hatte sich ein ganz klares Lebenskonzept zurechtgelegt. Sie sah sich selbst als solitäres Projekt. Als eine Art lebendes Kunstwerk, das die Eigenverantwortlichkeit des Individuums symbolisierte. Auch wenn ich nicht ganz verstand, worum es bei ihrem Konzept ging, leuchtete es mir ein, dass sie »theoretisch« keinen Anhang gebrauchen konnte. Sie war zu Höherem geboren. Kurz gesagt: Hier heiligte der Zweck die Mittel.

Während Swantje sich auf das Abitur vorbereitete, unterhielt ich mich mit Bill per Gedankenübertragung. In gewisser Weise schien er sich die Schuld am Unglück meiner Mutter zu geben: »Ich hätte sie nicht betrügen dürfen. Dadurch hat sie das Vertrauen in uns Männer verloren.«

Ich sagte: »Jeder macht mal Fehler.«

Ich wusch die Kleider meiner Mutter und reichte ihr neue hinein. Manchmal hatte ich sogar den Eindruck, Bill stünde neben mir, während ich in der Küche einen Apfel für sie schälte. So als fände er es toll, wie geschickt ich bei der Zubereitung von Nahrungsmitteln war. Einmal führte ich ihm vor, wie ich eine vier Meter lange Apfelschalenspirale schnitt oder sehr dünne Möhrenstifte für einen Rohkostteller hobelte. Möglich, dass ich seine Reaktion falsch deutete, aber ich hatte das Gefühl, er war aufrichtig beeindruckt.

Meine Mutter aß nicht viel. Morgens eine halbvolle Schüssel mit Müsli. Für den Vormittag, wenn Swantje und ich in der Schule saßen, stellte ich ihr eine Untertasse mit einem Apfel oder einer Banane auf den Boden. Mittags, wenn wir wieder da waren, schoben wir eine Tiefkühlpizza in den Ofen, oder Swantje kochte Spaghetti. Manchmal machte ich auch ein Rührei, wie meine Oma es mir beigebracht hatte.

Wenn ich meiner Mutter das Essen reinreichte, ließ sie dabei normalerweise das Licht ausgeschaltet. Nur nicht zu Pfingsten. Ich kriegte einen ziemlichen Schreck, als ich sie so abgemagert zu Gesicht bekam. Ihre Haare waren komplett grau geworden, genau wie ihre Haut.

»Mama? Bist du das?«

»Wer sonst?«

Ihre Stimme klang heiser. Ihre Lider hingen müde vor den dunklen Augenhöhlen. Ich schluckte.

»Willst du nicht wieder rauskommen? Du musst dich bewegen. Deine Muskeln bauen sich sonst ab.«

»Ach was, ich mache den ganzen Tag über Aerobic-Übungen. Wie Jane Fonda.«

Zum Beweis machte sie einige wacklige Kniebeugen, wobei sie gegen das Waschbecken klappte. Sie zog die Tür wieder zu und drehte den Schlüssel herum. Immer öfter hörten wir sie furchtbar husten, und einmal spuckte sie sogar Blut. »Scheiße, Kinder. Ich habe gerade Blut gespuckt.« Swantje klopfte nun auch gegen die Tür.

»Renate? Du musst zum Arzt!«

Aber meine Mutter rührte sich nicht. Es war nichts mehr zu hören, außer einem rhythmischen Schlagen gegen die Toilettentür. In meiner Verzweiflung informierte ich die ehemalige Feministinnengruppe in ihrem Vollkorn-Bistro und bat sie um Hilfe. Vielleicht konnten sie meiner Mutter wieder einen gewissen Sinn im Leben schenken. Irgendwas musste ja geschehen.

Zwei Tage später nahm tatsächlich die komplette Feministinnengruppe vor der Toilettentür auf drei Stühlen Platz, die ihnen Swantje hingestellt hatte. Eine von ihnen tippte auf die Bill-Fotografie. »Das war auch einer von Renates Männern. Der Macho hat sie betrogen.«

Draußen schien die Sonne. Die Krokusse waren längst durch die Erdoberfläche gebrochen, und ich machte eine große Kanne Hagebuttentee: »Toll, dass ihr gekommen seid.«

Sie sahen mich nur abschätzig an, als sei ich schuld am Leid meiner Mutter. »Er ist Rainer wie aus dem Gesicht geschnitten«, behauptete eine. Also zog ich mich eilig zu Swantje an den Küchentisch zurück, wo wir ein paar Zigaretten rauchten und Rosinenbrötchen aßen. Ich merkte, wie schon wieder diese Wut in mir aufstieg. Kurz schloss ich die Augen. Anschließend starrte ich Swantje an, sie fingerte sich ein paar Tabakkrümel von der Lippe und zog die Augenbrauen hoch. »Was ist?«

»Nichts.«

Einmal im Leben wollte ich nicht aufgrund meines Geschlechtes diskriminiert werden. Nur einmal! Leise sagte ich zu mir selbst: »Du bist der Mann deines Lebens!« Meiner geschwächten Mutter hatten die drei Freundinnen das Taschenbuch *Wahnsinns Frauen* mitgebracht. Durch die Toilettentür lasen sie ihr laut daraus vor. »Hör dir das an, Renate: ›Der Wahnsinn von Frauen ist weniger ein psychiatrisches oder individuelles als vielmehr ein gesellschaftliches Problem. Da wir in einer patriarchalischen Gesellschaft leben, … nimmt es nicht wunder, dass daraus resultierende Einschränkung, Beschränkung und Unterdrückung vielen Frauen oft nur den Wahnsinn als heimischen Ort lässt.‹«

Die drei Frauen in ihren Leinengewändern, bunten Seidentüchern und Apfelbäckchen nickten sich zustimmend zu. »Besser hätten wir es nicht ausdrücken können!« Eine beugte sich vor. »Du tust gut daran, in deiner Toilette zu bleiben, Renate. Du hast ja keinen Macker, der dich als hysterisch bezeichnen könnte. Wir anderen sind ja längst wieder liiert. Du aber kannst dich in den Wahnsinn flüchten, genau wie die anderen prominenten Frauen in diesem Buch.«

Meine Mutter war wieder in ihrem Element.

»Der Wahnsinn ist mein Refugium. Die Gästetoilette symbolisiert ihn nur.«

Die drei Frauen in ihren unförmigen Leinengewändern nickten sich abermals zu. Eine von ihnen trug Socken mit bunten Säckchen für jeden Zeh. Meine Mutter lachte hinter ihrer Tür auf: »Rainer hat ja damals schon zu mir gesagt: ›Renate, dein Wahnsinn ist pathologisch!‹ Und wisst ihr, warum? Weil ich mich als Mutter selbst verwirklichen wollte und Bücher gelesen habe, die er nicht verstanden hat. Dieses Kapitalistenschwein soll in seinem verdammten Swimmingpool verrecken.«

Allgemeine Zustimmung: »Besser wäre es.«

Meine Mutter geriet weiter in Fahrt.

»Und wenn ich ihn gebeten habe, sich verbal nicht über mich zu erheben, wollte er, dass ich meine ›Psychose‹ therapieren lassen! Ich sage euch, wenn ich so darüber nachdenke, habe ich nicht übel Lust, ihn aufzuschlitzen.«

Und schon kam das nächste Zitat aus dem Buch: »Hör dir das an, Renate: Pathologisierung weiblicher Leiden ist eine Strategie des Patriarchats.«

»Aber es sind doch nicht alle Männer so.« Das hatte ich gesagt.

Mit schockerstarrten Gesichtern drehten sich die drei Frauen zu mir und Swantje um. Eine, die sich mit Hilfe eines Bleistifts die Haare hochgesteckt hatte, meinte schließlich mit süffisantem Unterton: »Schätzchen, was ist ein Mann in Salzsäure?«

Ich zuckte mit den Schultern: »Keine Ahnung.«

»Ein gelöstes Problem.«

Als die Frauen endlich gegangen waren, zog ich mir die rosa Gummihandschuhe über und spülte ihre Teetassen gründlich aus. Wenn diese Frauen eins geschafft hatten, dann, meine Mutter in ihrem Wahnsinn zu bestärken. Ich hätte mir für meine Blödheit in den Arsch beißen können. Swantje stopfte sich das restliche Rosinenbrötchen in den Mund und rief in Richtung Klotür: »Man muss doch nicht künstlich das Feindbild ›Mann‹ aufrechterhalten. Das führt doch zu nichts. Schon gar nicht zu einer Verbesserung des Miteinanders von Mann und Frau. Außerdem finde ich nicht, dass die Frau zur Unterwerfung verdammt ist. Ganz im Gegenteil!«

Die Antwort blieb nicht aus: »Ach ja? Du weißt ja nicht, was du redest! Du hast ja keine Ahnung, wie wir Frauen all die Jahrtausende unter der Herrschaft der Männer zu leiden hatten. Und auch Rainer hat mich, wo es nur ging, klein gehalten und das, was mir etwas bedeutete, in den Dreck gezogen. Jawohl! In den Dreck! Der hat mich doch nicht ernst genommen. Für den war ich eine … Plastiktüte.«

Swantje flüsterte am zerkauten Rosinenbrötchenklumpen vorbei: »Eine Plastiktüte.«

Laut sagte sie: »Renate, ihr macht einfach den Fehler, dass ihr euch immer wieder an das kollektive Bewusstsein der früheren Frauengenerationen andockt und so tut, als hätte sich bis heute nichts getan. Ihr gebt euch selbst und den Männern überhaupt keine Chance, sich aus den eigenen Indoktrinationen zu befreien. Ihr schert alle über einen Kamm. Wie sollen da die Geschlechter ihre Verhaltensmuster ändern können?!«

Ich trocknete die Teetassen ab und staunte, woher Swantje all diese Fachbegriffe hatte. Meine Mutter hingegen war völlig unbeeindruckt.

»Kindchen, werd erst mal erwachsen und finde heraus, dass der Mann nie aufhören wird, mit aller Macht um seine Alleinherrschaft zu kämpfen. Und seine Zerstörungswut wird immer heftiger werden, je mehr er sich durch die bedingungslose Liebe von uns Frauen bedroht fühlt. Wenn du diesen Mechanismus durchschaut hast, diskutieren wir gerne noch mal von Frau zu Frau.«

An dieser Stelle hätte ich mich gerne eingeschaltet und gesagt: »SWANTJE HÄLT SOWIESO NICHTS VON EMOTIONEN.« Aber das behielt ich für mich. Weil ich hoffte, dass es nicht stimmte.

Dafür baute sich Swantje breitbeinig und mit geballter Faust direkt vor der Toilettentür auf und hielt eine feurige Rede: »Die Männer entbehren die Gesänge, Tänze und Geschichten der Männer. Sie entbehren die bewusste Konfrontation mit dem Dunklen und Wilden, mit Tod und Vergänglichkeit. Sie entbehren eine Spiritualität, die praktisch, menschlich und im Alltag lebbar ist. Sie entbehren eine Sinnlichkeit und Sexualität, die die ganze Bandbreite ihrer erotischen Bedürfnisse und Wünsche ausdrückt und leben lässt.«

Ich nickte und sagte: »Genau!«

Dann gingen Swantje und ich raus, in den hellgrünen Wald, und schluckten Willems LSD.

Wir lagen auf einer Waldlichtung im feuchten Gras, in deren Mitte ein einziger bemooster Baumstumpf stand. Wir kugelten unbändig herum, und Swantje traute sich, einen uns unbekannten Pilz zu essen. Wir schauten uns an und unsere Sehkraft nahm auf faszinierende Art und Weise zu. Als hätten wir uns Lupen vor die Augen geschnallt. Alles an uns wurde überdeutlich, jede Pore riesengroß. Unserer Stirn entwuchsen Hörner, unsere Gesichter wurden zu Rinderköpfen, der Boden schwankte unter unseren stampfenden Hufen. Der leuchtend blaue Himmel fiel auf uns herab, und als wir einen Schluck Wasser tranken, versanken wir darin. Wir küssten uns über Stunden, Tage und Wochen. Die knallroten Spinnenbabys krabbelten über unsere nackten Arme und Beine, der Wind strich säuselnd durch das hohe Gras, und Würmer schlängelten sich an uns vorbei hinab ins feuchte Erdreich.

Im Juni war endlich die grüne Farbe aus Swantjes Haar herausgewachsen. Statt der Nickelbrille trug sie Kontaktlinsen. Nun musste sie permanent ihre Augenlider fest zusammenpressen oder mit einem Spuckefinger über ihre gereizte Iris fahren, um hineingewehte Partikel zu entfernen. Am Nachmittag saßen wir in Jeans und T-Shirt neben dem abgesägten Baumstumpf auf der dunklen feuchten Erde, wir rauchten *Lucky Strikes*. Ich strich Swantje liebevoll über den Oberschenkel, ein wenig zwischen ihren Beinen. Ohne mich anzusehen, sagte sie: »Josh, versteh mich nicht falsch, aber grundsätzlich möchte ich mich nicht zu dir hingezogen fühlen.«

Ich spuckte einen Tabakkrümel ins Gras. »Kein Problem.«

Jetzt sah sie mich doch an und lächelte verlegen. »Ich bin bemüht, eine rein geschwisterliche Zuneigung zu dir zu empfinden.«

Ich zuckte cool mit den Schultern und zog meine Hand zurück. »Und du bist für mich wie eine Schwester.«

Da hörte sie auf zu lächeln.

»Soll das heißen, du findest mich nicht sexy oder was?«

Zehn

Swantje und ich versuchten alles, um meine Mutter aus ihrer Toilette zu bekommen. »Es brennt!« Oder: »Swantje hat sich an einem Stück trockenem Brot verschluckt!« Oder: »Rainer hat angerufen. Er will sich bei dir für all seine unpartnerschaftlichen Grausamkeiten entschuldigen!« Selbst wenn wir das Haus geflutet hätten, wäre sie in ihrem Kabuff geblieben. »Ist mir egal. Besorgt mir einfach nur Dope. Am besten Heroin.«

Willem war längst wieder aus seinem Klo rausgekommen und hatte seinen Kellerraum mit Hilfe von einem Haufen Strohballen zu einer Art ländlichem Idyll umdekoriert. Wann immer ich zu ihm kam, um neuen Stoff zu besorgen, zwang er mich, ihm bei seinem kläglichen Sitar-Spiel zuzuhören, wenn er *The End* neu interpretierte. Zu der Gelegenheit band er sich gerne einen alten Seidenschal als Stirnband um die Haare und steckte sich zwei Taubenfedern am Hinterkopf rein. In Unterhosen und Kimono hockte er dann auf einem der Strohballen, das Instrument im Schoß, und zupfte ein paar schräge Töne.

Ich fragte: »Willem, kannst du mir helfen, Rainers Adresse rauszufinden?«

»Wozu? Brauchst du Anlagetipps?«

»Er soll Renate wieder aus dem Klo holen.«

»Rainer? So ein Scheiß. Wenn der kommt, spült sich deine Mutter augenblicklich die Toilette runter. Vergiss es.«

»Dann sag du mir doch, was ich tun soll.«

Doch er schloss einfach nur die Augen und murmelte: »Wusstest du, dass Jim in der Klangfolge das spezielle Goa-Feeling intuitiv erspürt hat? Die langen, smoothen Beats und die abgedrehte Gitarrenstimmung erinnerten ihn an die hypnotische Wirkung der heiligen Sitar. Ich persönlich spiele die Sitar, um in andere Bewusstseinsebenen vorzudringen.«

Und gleich darauf wisperte er geheimnisvoll: »Father – I want to kill you. Mother – I want to fuck yoooou!«

Ich dachte nur: Arme Omi Gerda, und fummelte mir unbemerkt noch ein paar White-Lightning-Trips aus seinem Geheimfach und verschwand.

Eine Stunde später drehten Swantje und ich schon wieder voll ab. Hand in Hand streiften wir durchs giftgrüne Unterholz, kullerten ineinander verschlungen über die Lichtungen. Ab und zu sagte sie zu mir: »Wir zelebrieren hier eine rein platonische, geschwisterliche Liebe.« Und im nächsten Moment konnten wir schon nicht mehr aufhören, uns zu küssen und anzufassen. In der Schule, im Klassenzimmer, auf unseren Plätzen, waren wir noch immer voll am Trippen. Ich stemmte meine Füße gegen den Linoleumboden, um nicht vom Stuhl zu kippen. Der Raum schwankte, die Tafel stürzte auf mich herunter, ich griff nach meinem Stift und fühlte ihn nicht. Meinem besorgten Sozialkundelehrer sagte ich: »Mit der Pubertät komme ich nicht so ganz zurecht.«

Meiner Mutter gab ich das Dope, und dann spuckte sie wieder Blut. Als ich am nächsten Tag mit dem Gesicht nach unten in meinem Bett erwachte, mich langsam aufrichtete und wieder klar im Kopf war, sagte ich mir: Renate muss zum Arzt.

Sie sagte: »Was soll ich da? Ich sterbe.«

Und ich: »*Guns ’n Roses* kommen in die Stadt.«

Nach einem Vierteljahr ging zum ersten Mal die Tür wieder einen Spaltbreit auf. Aus dunklen Augenhöhlen blinzelte sie mich an. »Scheiße, wann?«

Ich sah hinüber zum Foto von Bill. »Nächste Woche.«

»Ruf sofort Willem an, er kennt ein paar Leute. Er soll uns Karten besorgen.«

Im Wohnzimmer tätowierte Swantje sich gerade mit einem Faden, einer Nadel und blauer Tinte ein Anarcho-Zeichen in den Oberarm. Ich versuchte, nicht darüber nachzudenken. Jetzt war Handeln angesagt. Ich rief Willem an: »Willem, meine Mutter fragt, ob du uns Karten für das *Guns 'n Roses*-Konzert besorgen kannst.«

»Kacke! Du hast mich gerade beim Wichsen gestört.«

»Tut mir leid.«

»Kacke, jetzt habe ich den totalen Blutstau, weil ich mir vorher noch so einen scheißengen Penisring umgeschraubt habe. Kacke! Das tut weh!«

»Dann geh doch nicht ans Telefon.«

»Sag mir nicht, wie ich meine Geschäfte zu führen habe!«

Ich hatte den Lautsprecher des Telefons angestellt, sodass Swantje mithören konnte. Sie war fertig mit ihrer Tätowierung und hockte jetzt neben mir auf der Fensterbank und steckte sich zwei Finger in den Mund, als wollte sie sich in die verdorrten Gummibäume übergeben.

Willem nölte: »Du hast mir meine Fantasie zerstört. Kacke! Ich war gerade im totalen *Nature*-Traumland unterwegs. Überall hüpfende Titten und enge, hungrige Fotzen im Morgenrot.«

Jetzt kam Swantje der Mageninhalt wirklich hoch. Sie hielt sich die Hand vor den Mund und würgte. Willem atmete tief.

»Sie sprangen da durchs Unterholz und übers bestellte Feld,

wie die schönsten Erntehelferinnen. Sie wanden sich mit ihren lustvollen, gebräunten Körpern in zerschlissenen Kitteln über mich und saugten wie hungrige Kälber an mir, wenn du weißt, was ich meine.«

Ich sah hinunter auf meine Füße in den grünen Chucks, gleich daneben wippten Swantjes nackte Füße.

»Ja, ich denke schon. Könntest du uns die Karten für das Konzert besorgen?«

»Kacke! Lenk nicht ab, mein Sohn.«

Willem atmete noch tiefer, sein Atem rasselte. Swantje legte ihren linken Fuß auf meinen.

»Ich habe sie von hinten an ihren geklöppelten Schlüpfern vorbei gefickt, verstehst du? Richtig reingefickt, bis mein Schwanz ihre Lungenflügelchen gekitzelt hat.«

Dann jammerte Willem laut auf und quiekte dabei wie ein Ferkel. Swantjes Hand strich über meine Brust. Nach einer kurzen Pause räusperte sich mein mutmaßlicher Vater und meinte: »Nichts für ungut, mein Sohn. Die Sache mit den Karten geht klar.«

In den Tagen vor dem Konzert musste ich für meine Mutter aus dem Kreativ-Shop in der Innenstadt diverses Bastelmaterial besorgen: große Pappteile, einen Cutter, Alufolie und Klebstoff. Vom Drogeriemarkt brachte ich Swantje *Pilka*-Enthaarungscreme mit. Sie saß auf dem Sitzsack vor der Toilettentür und roch skeptisch an der aufgeschraubten Tube.

»Was soll ich damit?«

Ich guckte zu Bill rüber.

»Deine Beine und Achseln enthaaren.«

»Warum?«

Er schien zu grinsen. Also tat ich das auch.

»Weil man das heutzutage so macht.«

»Bist du unter die Chauvis gegangen oder was?«

Jetzt sah ich sie an.

»Nein, unter die Ästheten.«

Zu meiner Überraschung ging Swantje hoch ins Bad und strich sich die rosa Paste gleich auf den ganzen Körper und schabte sie sich unter der Dusche anschließend mit dem dafür vorgesehenen Plastikspachtel wieder ab. Swantje war fällig. Endgültig. Scheiß auf die platonisch zelebrierte Liebe. Ich wollte ihr zeigen, wozu ein moderner Mann fähig war. Zur ultimativen Hingabe. Ich wollte geben und nehmen. Ich wollte zuhören und flüstern. Ich wollte loben und gelobt werden. Ich wollte geliebt werden und Liebe schenken.

Eine halbe Stunde später kam Swantje in Unterwäsche in unser Zimmer flaniert, wo ich inzwischen an der Schreibmaschine saß und an meinem ersten Roman arbeitete. Sofort hob ich die Hand zum Zeichen, dass ich gerade noch meinen Gedanken zu Ende führen musste und dabei nicht gestört werden durfte. … *habe das Gefühl, dass alles schon einmal passiert ist, dass sich der gleiche Moment noch mal wiederholt. Ich weiß jedes Wort im Voraus, das gesprochen wird* … Als ich damit fertig war und mich mit der Gelassenheit eines routinierten Liebhabers zu Swantje umdrehte, zeigte sie sich in ihrer enthaarten Schönheit. Grazil breitete sie ihre Arme aus. »Voilà.«

Ich presste meine Beine zusammen und lehnte mich im Stuhl zurück. Ich tat, als sei ich gedanklich noch ganz woanders. Mir war bewusst, dass dies hier eine fragile Angelegenheit war. Ich atmete aus. »Du siehst super aus.«

»Danke. Fass mal an.«

Swantje trat dicht an mich heran, wie Bettina damals. Sie nahm meine Hand und strich damit über ihre glatten Achseln, über ihren Bauch, ihre Oberschenkel. Als ich eine Hand mutig auf ihre Brust legen wollte, machte sie schnell einen Schritt zurück und wedelte mit hochgestrecktem Zeigefinger: »Oh, oh, oh! Nein, nein, nein!«

Meine Stimme klang beschämend dünn, als ich feststellte: »Wirklich schade, dass wir nicht miteinander schlafen.«

Swantje kam wieder näher und fuhr mir mit der Hand kumpelhaft durch mein Haar.

»Tja, wir empfinden eben keine erotische Anziehung füreinander.«

Ich seufzte. »Du sagst es.«

In meiner Fantasie spritzte ich auf ihre Beine ab. Mein heiliges Sperma lief langsam an ihnen herunter und versickerte zwischen ihren neuerdings lackierten Zehen. Swantje legte sich in Unterwäsche hinter mir aufs Bett und las ein wenig in ihrer »Bibel« – Tschingis Aitmatows *Dshamilja*. Ich muss sagen, ich hatte echte Schwierigkeiten, mich auf mein Schreiben zu konzentrieren … *Genau wie in unserem Garten, im Sommer, wie im Winter. Zu jeder Jahreszeit. Hier steht der Baum am richtigen Ort. Ich brauche ihn nicht zu trösten, zu streicheln. Er ist zu Hause. Seine Rinde ist noch knochiger und dorniger, aber sehr lebendig* … Ich hörte, wie sie die Seiten umblätterte, wie sie atmete, wie sie sich das Kissen im Nacken neu zurechtlegte. Ich fühlte, wie es in meinem Unterleib kribbelte, während ich in die Tasten der alten Reiseschreibmaschine hackte, die mal Rainer gehört hatte. Ich tippte und tippte und holte alles aus mir raus. Das Gefühl der absoluten Einsamkeit. Der Verbannung. Ich wusste, hier entstand mein Meisterwerk – in gewissem Sinne.

Am Abend, bevor das *Guns 'n Roses*-Konzert stattfand, rief mich meine Mutter zu sich.

»Joshua?«

Ich kam den Flur runter, an Bills Fotografie vorbei. Ich nickte ihm zu und hatte ein schlechtes Gewissen, dass ich ihn in letzter Zeit etwas vernachlässigt hatte. Schließlich war auch er ein Gefangener meiner Mutter – auf Papier gebannt, hinter Glas. Vor der Tür blieb ich stehen. »Ja?«

Meine Mutter lugte durch einen Spalt in der Tür. Sie sah seltsam aus: ein Gespenst. Fast bereute ich es, dass ich es geschafft hatte, sie da rauszulocken. Sie sah mich verwundert an. »Ist was?«

Ich schüttelte heftig den Kopf: »Nein, gar nichts. Was soll sein? Du siehst super aus.«

»Dann geh in den Keller und hol mir meine Boots.«

»Welche?«

Meine Mutter kam noch ein Stück weiter raus. Fast hätte ich sie reflexartig wieder zurückgedrängt. Ich wollte nicht, dass Bill sie so sah. Er sollte sie in guter Erinnerung behalten. Als Bonnie. Die heiße Nummer aus Haight Ashbury. Sie strich sich die ungewaschenen Haare hinters Ohr und klang – überraschenderweise irgendwie fröhlich.

»Die, die ich in Woodstock anhatte, du weißt schon, an denen noch der Schlamm der Geschichte klebt. Meine alten Treter. Mann, was habe ich in denen alles erlebt. Scheiße, am Ende habe ich darin das Regenwasser für meine Clique und mich aufgefangen, weil es keine Pappbecher mehr gab. Die Organisatoren hatten sich da total verkalkuliert …«

Es gab überhaupt keinen Grund, aber auch ich wurde ein bisschen froh.

»Du meinst die hellbraunen?«

»Exakt. Außerdem brauche ich noch ein neues Shampoo. Welches mit so ein bisschen Glanz fürs alternde Haar.«

Beinahe hätte ich ihr liebevoll auf die knochige Schulter geklopft. Ich fühlte das Herz meiner Mutter schlagen. Immer heftiger. Ich ging in den Keller runter.

Am 3. Juni 1992, am Tag des *Roses*-Konzertes, kam meine Mutter aus ihrer Toilette. Wie ein wunderschönes Knochengerippe in engen Röhrenjeans und Stiefeln. Das ausgewaschene *Mothers of Invention*-T-Shirt saß wie bei einem Mädchen kurz nach der Pubertät. Die Haare waren frisch gewaschen und hatten diesen silbrigen Schimmer. Meine Mutter lächelte, und nun haute auch mich ihre Zahnlücke um. Ich nickte voller Bewunderung.

»Du siehst abgefahren aus, Mama.«

Und auch Swantje klatschte begeistert in die Hände.

»Das fetzt.«

Mit wackligen Beinen trat meine Mutter aus ihrer Gästetoilette heraus in den Flur. Sie war der leibhaftige Hauch der Geschichte. Vergangenheit und Gegenwart wogten über uns zusammen. Dies war ein religiöser Augenblick. Sie war die Verkörperung von Zivilisation und Zerstörung. Sie war eine Frau. Die Junisonne flutete den Gang und reflektierte auf dem Glas der Bilderrahmen. Meine Mutter blinzelte und hob den mit Lederbändern umwickelten Unterarm vor die Augen.

»Heaven, ist das hell!«

Ich winkte Bill heimlich zu. »Heute hätten wir dich gerne dabei gehabt.« Er lüftete seinen Hut und grinste. »Du weißt doch, ich liebe Salsa.« Andächtig folgte ich meiner Mutter, die langsam an der Galerie ihrer Vergangenheit entlangschritt. Wie eine Königin grüßte sie nach allen Seiten und winkte ihren Freunden huldvoll zu. »Hallo, Jungs! Die alte Bonnie ist wieder da! Ken, Neal, Timothy, Chet! Schön, euch zu sehen!« So kam sie direkt auf die tiefbewegte Swantje zu. Sogar ihr Damenbart war verschwunden. Gerade als wir zur Terrassentür rausgehen wollten, drehte sich meine Mutter hektisch um. »Ja, bin ich denn bescheuert?!« Eilig wackelte sie wieder an mir vorbei, zurück in ihre Toilette. Swantje und ich sahen uns mit echtem Grausen in den Augen an. »Schließt sie sich jetzt wieder ein?«

Doch meine Mutter zerrte lediglich die riesige Papp-Bastelarbeit aus ihrem Refugium hervor. Das Ding war derart sperrig, dass man sich fragen musste, wie die Bastelarbeit und meine Mutter je in diese Zwei-Quadratmeter-Zelle hineingepasst hatten. Es handelte sich um eine Art Flugobjekt, bestehend aus zwei Flügeln, die mit Alufolie bezogen waren, plus einem silbernen Papphelm, auf dem obendrauf ein rot angemalter Propeller befestigt war. Swantje nahm ihr den Helm ab.

»Renate, was soll das darstellen?«

»Bills Helikopter.«

Wir arbeiteten uns durch den zugewucherten Garten, mir schwante Schlimmes. Ohne Frage hatte meine Mutter im Stadion Großes damit vor. Vermutlich würde ihre unangemeldete Aktion am Ende des Tages zu einer Massenpanik, Verhaftungen oder gar zu Erschießungen führen, weil irgendwelche Bodyguards sie für eine Terroristin hielten.

»Schön, dass du wieder draußen bist«, sagte ich.

Elf

Sechzigtausend langhaarige Leute in Lederhosen und bis zum Bauchnabel aufgeknöpften Holzfällerhemden, weißen Fransenlederjacken, *Guns 'n Roses*-T-Shirts und klobigem Silberschmuck drängten sich in der Hitze des Abends unter freiem Himmel dicht aneinander. Kaum einer von ihnen war ohne Banner angereist. In immer kleiner werdender Plakafarben-Schrift war darauf zu lesen: »Axl, I want to marry you!« Oder: »I want a child from Slash!« Und das Ganze wurde von Herzen, Pistolen und roten Rosen gerahmt. Swantje und ich standen mittendrin. Am Eingang zum Stadion hatte sich meine Mutter einen Kaugummi in den Mund geschoben und mit rauchiger Stimme gemeint: »Ich werde den Jungs jetzt mal die Ehre erweisen.«

Und bevor wir noch irgendwelche Bedenken hatten anmelden können, war sie samt ihrer Propeller-Bekleidung in Richtung Backstage-Bereich verschollen. Wir wurden von der wogenden Menschenmasse eng aneinandergedrückt. Swantjes weiche Brust unter dem ausgeleierten T-Shirt presste gegen meinen Oberarm. Ich stellte mir vor, sie sei nackt, legte mein Kinn auf ihre Schulter und brüllte in ihr Ohr: »Warum willst du eigentlich nicht mit mir schlafen?«

Diese Frage musste jetzt mal geklärt werden. Swantje seufzte bekümmert, als wäre ich ihr Kind. Dann holte sie tief Luft und brüllte zurück: »Habe ich dir doch schon gesagt: Du bist für mich wie ein Bruder.«

Ich nickte traurig. Ich war eben ein total zerstörter Junge, der es nie gelernt hatte, Frauen zu nötigen und zu entrechten. Und weil ich mich schließlich über irgendwas definieren musste, fand ich zurück in die mir zugedachte Rolle – die des umsichtigen und fürsorglichen Sohnes: »Ich hoffe, meine Mutter tut nichts Unüberlegtes.«

»Tja …«

Swantje sah mich ratlos an. Vielleicht war dies der Tag, an dem ich meine Mutter sich selbst überlassen musste. Wie ein Vater seine Tochter. Da Swantje und ich uns sowieso keinen Millimeter von unserem Platz wegbewegen konnten, um irgendetwas zur Rettung meiner Mutter beziehungsweise der ihrer Mitmenschen zu unternehmen, entspannte ich mich ein wenig. Ich meine die Art von Entspannung, die man in der Todeszelle empfinden muss. Es kam nicht mehr darauf an.

Der stahlblaue Himmel spannte sich über uns, kein Wölkchen war zu sehen, die frühe Abendsonne brannte rot auf uns herunter, und mit einem Mal war es für mich in Ordnung, am Leben zu sein. Tatsächlich spürte ich so etwas wie Freude. Überwältigt griff ich nach Swantjes Hand, während sich meine Augen bis zum Rand mit Tränen füllten. Sie merkte nichts. Sie ließ ihren Blick einmal ringsherum über die Köpfe und Banner schweifen und kreischte begeistert: »Scheiße! Sieh dir diese Menschenmassen an!«

Sie streckte ihren Arm aus. Draußen, außerhalb des Stadions, saßen die Leute in ihren T-Shirts dicht an dicht auf den Hügeln und tranken Bier. Es war ein Fest. Es war laut. Die Haare flogen, und wir standen in der Mitte dieser stampfenden Masse. Alle um uns herum rissen ihre lederbandumwickelten Arme hoch, sprangen rauf und runter, der Schweiß spritzte, und ich wusste mit einem Mal, was meine Bestimmung war. Ich wurde geboren, um die Frauen aus ihrem Ägypten zu führen. Wenn Friede zwischen den

Geschlechtern herrschen sollte, musste ich handeln. Ich musste Frau und Mann zu einem einzigen funktionierenden Organismus zusammenführen. Zurück ins Paradies zu Adam und Eva. Zum Zeichen, dass ich richtig lag, stürmte die Band mit umgehängten Gitarren die Manege. Axl rannte im Schottenrock und drei Basecaps übereinander fast bis über den Rand der Bühne, und ich kreischte im Taumel der Erleuchtung: »Ich bin der Messias!«

Und dann brach meine Mutter in ihrem silbrigen Hubschrauberkostüm hinter den riesigen Marshall-Boxen durch. Mit wogenden Alufolie-Flügeln sauste sie an den überraschten Sicherheitsleuten vorbei nach vorne zu den Monitoren. Axl riss sich seine Sonnenbrille runter und brüllte: »You're in the jungle, Baby.« Und meine Mutter sprang. Mit gespreizten Armen flatterte sie wie Ikarus hinein in die Menschenmenge und verschwand.

Im milden Dämmer kamen wir aus dem Stadion, über die grünen, sanft geschwungenen Hügel hinweg, dem Amselgezwitscher entgegen.

Meine Mutter hatte die Reste ihres zerfetzten Propellerkostüms in einen herumstehenden Container gestopft und war zufrieden. »Kids, die Hommage an Bill musste einfach sein.«

Die Wangen waren rot. Ihre grünen Augen leuchteten wie zwei geschliffene Diamanten. Sie lachte und zeigte der Welt ihre Zahnlücke. Sie ließ sich von Swantje eine krumpelige Zigarette drehen und dann stiegen wir, jeder mit einer Flasche Bier in der Hand, den letzten Hang hinauf, in den Sommer hinein. Meine Mutter schlenkerte mit ihren Armen, wackelte mit ihrem knochigen Hintern und rief: »Behaltet es für euch, aber Axl-the-Baxl geht es mental gar nicht gut.«

»Was hat er denn?«

»Ehestress – und weiß nicht, wie er die Sache anpacken soll.«

Ich wich einer ketchupbeschmierten Brötchenhälfte aus, die auf der Wiese lag.

»Da konntest du ihm sicher helfen.«

»Ich hab ihm gesagt, er soll nicht derart viel Alkohol trinken. Das hält doch keine Frau aus. Ich meine, mit jemandem, der ständig besoffen ist, kannst du kein Sozialleben führen. So viel ist mal klar. Sobald er ›drauf‹ ist, kriegt der ja nur noch die Hälfte einer Unterhaltung mit. Und wenn er wieder klar ist, hat er die andere Hälfte auch noch vergessen. Außerdem neigt er zu unkontrollierbaren Aggressionen. Worauf will sich Stephanie bei so jemandem verlassen?«

Da sprach meine Mutter ein großes Wort gelassen aus. Blöd war nur, dass sie ihre wertvollen Erkenntnisse nie auf sich und ihre Umgebung anwendete. Swantje versuchte, am Ball zu bleiben.

»Und wer ist Stephanie?«

»Na, dieses elende Knochengerippe. Seine Frau. Axl sagt, sie hätte schauspielerisches Talent.«

Ich wünschte, meine Mutter hätte je derart viel Anteil an meinem Leben genommen.

»Na dann.«

Entspannt zog sie an ihrer knisternden Zigarette und pustete cool den Rauch aus. Sie kam sich ziemlich wichtig vor.

»Unter uns: Axl steht ja total auf diese Psychonummer, dass er sich in seinen Videos gerne in Zwangsjacke und beim Elektroschock zeigt. Mir ist das ja ein bisschen zu happig. Wie auch immer. Für mich als Mann wäre so ein dünnes Mannequin-Hühnchen jedenfalls nichts.«

Swantje und ich sahen uns an. Offenbar hatte meine Mutter den Blick für ihre eigene Erscheinung total verloren. Ihre Oberarme waren dünn wie Grashalme. Und ihre Beine hätten glatt als Schaschlikstäbe durchgehen können. Sie zog noch mal kräftig an ihrer Zigarette und faselte weiter, so als stünde sie auf dem Podium eines wissenschaftlichen Seminars: »Wie ich von Axl höre, sind heutzutage – prozentual betrachtet – sowieso die meisten Frauen magersüchtig. Ich sage euch, das liegt an den verdammten Top-Models. Hinter der Bühne hat Axl mir ein paar entlarvende Polaroids gezeigt. Er meint, die schlucken Bandwürmer, um schneller abzunehmen.«

Swantje würgte: »Bitte, Renate!«

Meine Mutter kippte sich den Rest Bier in den Mund und warf die Flasche ins nächste Gebüsch. Ich klaubte sie wieder auf und stellte sie ordentlich neben einen überfüllten Abfalleimer. Meine Mutter drehte sich zu Swantje um und ging in ihren hellbraunen Woodstock-Stiefeln rückwärts weiter. Wie zur Anrufung Gottes, hob sie die Hände: »Wem sagst du das? In der dritten Welt verhungern die Kinder an der leeren Titte ihrer wehklagenden Mütter. Die Apokalypse hat begonnen. Das ist der Untergang. Die Frauen von heute sind so bekloppt, dass es wehtut. Meine Generation hat noch ihre verdammten Büstenhalter verbrannt und ihre Nachfolgerinnen ermutigt, intellektuell tätig zu sein. Aber stattdessen hungern die sich lieber zu Tode, um den Männern zu gefallen. Total pervers. Die kriegen später alle Osteoporose, sagt Axl.«

Meine Mutter dozierte immer weiter, bis sie in ihren Woodstock-Stiefeln über ein paar Beine in schwarzen Lederhosen stolperte. Sie strauchelte, und ich hielt sie gerade noch am Ärmchen fest, bevor sie direkt in den überfüllten Abfalleimer mit den senfverschmierten Bratwurstpapptellern kippte. Hinter uns rief der Mensch, dem die Beine gehörten: »Ich flipp ab! Du bist doch die kühne Lady, die vorhin von der Bühne geflattert ist, oder?«

Wir wandten uns um. Ich war definitiv nicht bereit, meine Mutter abermals zu verteidigen oder Verständnis für ihr gestörtes Verhalten zu erbetteln. Von wegen: »Sie ist psychisch nicht auf der

Höhe.« Dieses Mal musste Swantje das übernehmen. Ich hätte mir nichts sehnlicher gewünscht, als dass endlich ein Unbeteiligter meiner Mutter attestierte, dass sie kolossal nervte.

Ein Typ mit blonden langen Haaren und Che-Guevara-Shirt, er sah aus wie Axl, war es aber nicht, stand vom Rasen auf und klopfte sich ganz entspannt ein paar Grashalme von der Lederhose.

Neben ihm saß ein Mädchen, die roten Locken reichten ihr fast bis zur Hüfte. Das Gesicht war voll mit Sommersprossen, und sie rauchte ein Zigarillo. Um ihren Hals hingen eine Menge Perlenketten, die Fingernägel waren schwarz lackiert. Auch sie trug an ihren schneeweißen Füßen weinrote Samtschläppchen mit Teersohle. Verwegen lächelte sie in meine Richtung. Mit ihren rosa Lippen formte sie: »Hi!«

Der Typ reichte meiner Mutter die Hand, an seinen Fingern steckten schwere Totenkopf-Silberringe. Von seinem Che-T-Shirt hatte er die Ärmel abgerissen, auf dem sonnengeröteten Oberarm prangte eine große grüne Tätowierung: ein Fabelwesen mit Stielaugen und roter Zunge. Seine Stimme war rau.

»Krasse Show, die du da vorhin abgezogen hast.«

Meine Mutter reichte ihm ihre Hand mit den drei goldenen Ringen und lächelte so breit, dass ihre Zahnlücke bestens zu sehen war.

»Danke, Honey.«

Dieser Typ vergaß definitiv zu atmen, als er die Zahnlücke erblickte. Gleich machte er eine lässige Bewegung mit der Hüfte. Seine Stimme rutschte eine Oktave tiefer: »Babe, du hast die atemberaubendste Zahnlücke, die ich je gesehen habe. Du bist richtig cool. Du bist eine Legende.«

Meine Mutter lächelte verlegen. »Da magst du nicht ganz unrecht haben, Honey.«

Zwischen den beiden brannte die Luft. So war es. Die Luft brannte. Flammende Herzen flappten mit ihren Flügeln. Swantje und ich sahen die gleißend hellen Funken sprühen. Es war kaum zu ertragen. Und doch irgendwie erfreulich. Der Typ schob gekonnt die Unterlippe vor.

»Ich heiße Barry.«

Mit einem Mal sah meine Mutter jünger und strahlender aus, als ich es jemals gewesen war. Sie quetschte ihre Hände hinten in die Jeanshosentaschen und zeigte stolz ihr altes *Mothers of Invention*-T-Shirt.

»*Je m'appelle* Bonnie.«

Barry nickte andächtig und stellte sich so hin, dass seine Gürtelschnalle mit dem eingegossenen Klapperschlangenkopf im Abendrot hervorragend zur Geltung kam. Er warf seine langen Haare über die Schulter und kickte mit seiner Cowboystiefelspitze zärtlich an die Woodstock-Stiefelspitze meiner Mutter. »Je-m'appelle-Bonnie, wir sollten uns bald wieder sehen.«

Zwölf

Barry zog relativ zügig bei uns ein. Er hatte nichts weiter dabei als einen alten Seesack und eine Plastiktüte von *Penny*, in der seine zerfledderten Schulhefte steckten. Er ging in die zehnte Klasse eines Gymnasiums in der Innenstadt und war Jahrgangsbester. »Ich will meiner Ma später alles zurückgeben, was ich von ihr unter schwersten Entbehrungen bekommen habe.« Er war halber Ire. Seine Ma hatte ihn alleine aufgezogen, und bisher hatte er mit ihr in einer Zwei-Zimmer-Wohnung gelebt. Doch kaum hatte ich Barry durch unser Haus geführt, pinnte schon über dem Ehebett meiner Eltern ein Poster, auf dem ein Typ mit heruntergelassenen Hosen auf dem Klo saß.

»Das ist mein Idol. Der heilige Zappa!«

Barry schlief nackt, quer über die breite Matratze drapiert, während meine Mutter weiterhin die Tage und Nächte in ihrer Toilette verbrachte. Vor und nach der Schule quetschte sich Barry zu ihr rein, um, wie er sagte, »bei meinem Babe nach dem Rechten zu sehen«. Zuerst dachten Swantje und ich, er wolle sie medizinisch oder seelisch betreuen. Blutdruck messen oder Gespräche führen. Doch dann hörten wir ihn entfesselt durch die Toilettentür schreien: »I'm fucking a piece of history!«

Ab da gewöhnten Swantje und ich uns an, bei uns im Zimmer am Schreibtisch die Spaghetti zu essen. Unsere Schülerzeitungsredaktion hatte sich in der letzten Woche überraschend aufgelöst, weil Kai jetzt das Rappen für sich entdeckt hatte. Er hatte kein anderes Interesse mehr, als an seinem Computer neue Beats auszuprobieren und mit seinem Anrufbeantworter Texte für ein Mädchen aufzunehmen, in das er unglücklich verliebt war. In den großen Pausen spielte er uns in der Raucherecke seine Stücke vor. Sie waren nicht übel. Ziemlich morbide. Und voller Drohungen.

»Willst du mich nicht erhören,
werd ich dir schwören,
ich schmeiß mich vor die Bahn,
die kommt mit einem Affenzahn,
dann zersplittern meine Knochen,
und du wirst beim Anblick kotzen.«

Und Britta war einfach von der Schule abgegangen. Sie hatte uns angerufen und erklärt: »Ich werde Krankenschwester in Sierra Leone.« Für mich sah es auch nicht besser aus. Im vergangenen Jahr hatte ich mich hängen lassen und den Anschluss verloren. In der Bioklausur hielt ich Mimikry für eine Fischart.

Wenn ich mit Bill in ein stilles Zwiegespräch abtauchte, meinte er nur am Ende: »Krieg den Hintern hoch, Junge!« Morgen, sagte ich mir, als ich mir den nächsten Owsley-Trip auf die Zunge legte. Ab morgen bin ich wieder voll dabei! Dann setzte ich mich an die Schreibmaschine, um endlich meinen ersten Roman fertigzukriegen. Swantje lernte fürs Abitur, und Barry verschwand am Nachmittag mit seinem großen schwarzen Gitarrenkoffer zur Bandprobe. Abends veranstaltete er mit seinen »Kumpels« Sit-ins im Probenraum, bei denen er sich mit Bier oder Jim Beam die Lampe anzündete. Ab und an hatte er nach der Schule die Rothaarige mit den schwarz lackierten Fingernägeln und den Glasperlenketten im Schlepptau. Sie hieß Pony. Im Schneidersitz hockte sie lächelnd auf Pearls Teppich rum und war definitiv magersüchtig. Ich mochte sie trotzdem gern. Sie war witzig, kippte sich gerne Apfelkorn rein und erzählte von ihren psychischen Problemen, die mit einem unterdrückten Autonomiebestreben zu tun hatten. »Ich sage euch, meine Anorexia Nervosa ist ein einziger feministischer Prozess. Das, was die Frauen bis heute nicht im Außen erreicht haben, erschaffe ich mir im Inneren, in meinem Reich: Autonomie.« Ein paar Mal hatte sie wohl schon vorgehabt sich umzubringen. »Seit ich denken kann, will ich aus der Materie entfliehen.«

Und dann passierte, was passieren musste: die Rothaarige, Barry, Swantje und ich kamen uns näher, während meine Mutter in ihrer Toilette wieder mal versuchte, durch totale Isolation ihr Ego zu überwinden. Sie hatte Barry schon seit ein paar Tagen nicht zu sich hereingelassen. »Babe, I need some space.« Er war also, wie er sagte, »ziemlich auf Turkey«. Wobei ich mir – ganz ehrlich bemerkt – größere Sorgen um die Gesundheit meine Mutter machte. Sie antwortete ja nicht mal mehr, wenn wir bei ihr anklopften. Die Untertassen mit dem geschnittenen Obst und Gemüse stapelten sich auf den Dielen vor der Toilettentür und zogen die Fruchtfliegen magisch an. Wir standen direkt daneben und beratschlagten uns leise. »Sollen wir die Tür aufbrechen? Vielleicht ist sie tot?«

Barry schüttelte den Kopf: »Das würdest du riechen.«

Swantje sah ihn verblüfft an.

»Hast du das schon mal gerochen?«

»Was?«

»Na, Leichengeruch.«

An der Stelle schaltete ich mich ein. »Hallo! Ihr redet über meine Mutter!«

Barry tat, als ob er nachdachte. Und nachdem er andächtig eine halbe Minute geschwiegen hatte, sagte er: »Scheiße, lassen wir mein Babe in Ruhe. Im Grunde genommen ist es so als wäre sie gerade im Urlaub.«

Der Vergleich hinkte.

»Der Vergleich hinkt«, sagte ich.

Barry nickte. »Du hast recht. Es ist eher, als wäre sie ohne Funkgerät auf einer Dschungelexpedition.«

Swantje fand das auch.

»Lassen wir Renate die Ruhe und Konzentration, die sie braucht, um im Dschungel des Lebens den rechten Pfad zu finden.«

Ich stellte mir trotzdem vor, wie meine Mutter tot und zusammengefaltet auf den Fliesen in der Gästetoilette lag. Irgendwie wäre es in Ordnung gewesen. Mit dem Kopf neben der Kloschüssel. Das war ja kein Leben, was sie da führte. Meiner philosophischen Theorie nach existierte der Mensch nur in Gemeinschaft. Quasi durch die Reflektion der anderen. Ähnlich wie der Regenbogen.

Pony stand mit zwei Martini-Bianco-Flaschen in ihren Händen im Wohnzimmer zwischen den Plattenstapeln rum. »Kommt ihr, Leute? Ich muss was trinken, sonst schnall ich ab!« Die anderen setzten sich schon mal.

Ich radelte noch schnell zu Willem rüber, um neues Dope und ein paar Trips zu besorgen. Beim letzten Mal hatte er mich von einem gigantischen Koksbrocken probieren lassen. »Check das Kristall aus!« Ich wollte es nie wieder nehmen, ich fand es zu gut. Dieses Mal klopfte er auf die Sitzfläche von seinem Gartenstuhl.

»Setz dich! Ich hab was Besseres. Aber du bekommst es erst, wenn du Bonnie langfristig aus der Toilette kriegst. Ich befürchte nämlich, dass sie es nicht mehr lange macht. Heute Nacht hatte ich da so einen aufschlussreichen Traum von einer Schlange …«

Er zündete sich eine Zigarette an und durchschritt im wehenden Kimono den Kellerraum. Auf der Tischplatte zwischen den Papierstapeln fand ich ein paar weiße, bitter schmeckende Krümel. Ich stippte sie auf und rieb sie mir aufs Zahnfleisch. Als es taub war und ich ein wenig selbstbewusster, fragte ich: »Was liegt dir denn plötzlich so sehr an meiner Mutter?«

Willem fuhr auf dem mit Strohhalmen bedeckten Teppich herum und stierte mich konsterniert an.

»Kacke, du weißt, dass ich sie liebe.«

Das wusste ich nicht. Neulich erst hatte er mir wieder mal erklärt, wie »kacke-hysterisch« er sie fand.

»Neulich hast du mir erst gesagt, wie ›kacke-hysterisch‹ du sie findest.«, sagte ich.

»Was soll das denn jetzt wieder? Bist du von der Stasi, oder was? Legst du einen Kack-Ordner über mich an, oder was?«

Ich schüttelte schlapp meinen Kopf. Willem blieb breitbeinig einige Schritte von mir entfernt stehen. Er verschränkte die Arme vor der nackten unbehaarten Brust und räusperte sich gekünstelt in die vorgehaltene Faust. Mit dem Blick zu Boden wisperte er geheimnisvoll: »Kacke, mein Sohn, du weißt einfach nicht, wie sich Gefangenschaft anfühlt.«

Ich verzog mein Gesicht zu einer Grimasse.

»Hast du schon mal gesessen, oder was?«

Willem hob theatralisch seinen Kopf und sah mich mit wässrigem Blick an.

»Wenn du so willst: mein Leben lang. Genau das habe ich jetzt begriffen und verstanden, wie schlimm es ist, nicht in Freiheit zu leben. Da ist der Wahnsinn quasi vorprogrammiert.«

Ich nickte teilnahmslos, weil mir klar war, in welche Richtung dieses Gespräch abzudriften drohte, und schaute mich um, ob ich irgendwo noch ein Bröckchen Koks erspähte. Ich wollte dringend was ziehen. Aber da war überall nur dieses Stroh. Also sagte ich: »Okay. Ich kümmere mich um die Befreiung meiner Mutter.«

Willem schlug mit der flachen Hand auf den Tisch, sodass sein hölzerner LSD-Schrein hüpfte.

»Versprich es mir. Sie ist die letzte Überlebende einer Ära, die einen Blick ins Universum gewagt hat. Wir, deine Mutter und ich, haben das Licht gesehen. Wir haben, wenn du so willst, Gott die Hand gereicht. Deine Mutter muss Mut schöpfen, verstehst du, dass wir es noch einmal gemeinsam schaffen werden, das Licht zu sehen.«

»Ja, klar.«

Er beugte sich nah zu mir herunter, etwas Speichel tropfte über seine Lippen und die Schlagader trat an seinem Hals hervor.

»Du weißt, ich begehre sie. Immer, wenn ich wichse, denke ich nur an sie. Alles klar?!«

Waren es nicht neulich noch Erntehelferinnen in geklöppelten Schlüpfern gewesen? Wie auch immer.

»Sie hat aber einen Freund«, gab ich zu bedenken.

Willem richtete sich wieder auf, zuckte mit den Schultern und stierte mich durch seine dicken Brillengläser an.

»Kacke, wen interessiert das?«

»Dich?«

»Sehe ich so aus?«

Mit beiden Händen patschte er sich auf die nackte Brust. Sein Atem rasselte vor Aufregung.

»Deine Mutter und mich verbindet ein halbes Jahrhundert gemeinsam durchwanderter Geschichte. Im Übrigen stehe ich für eine tolerante Basis zur Befriedigung sexueller Bedürfnisse. Die ist wichtig, wenn du der Diktatur nicht das Bett bereiten willst. Du musst deine Beziehungen beweglich halten, *capice*?«

Dieser Mann war definitiv durch, so viel war klar. Er bohrte sich im Bauchnabel herum und roch anschließend an seinen Fingerspitzen. Ich versuchte nicht hinzugucken.

»Um ehrlich zu sein, wäre es mir lieber, wenn ihr das unter euch ausmachen würdet. Eigentlich geht mich das alles nichts mehr an. Ich kann nicht ewig für sie die Verantwortung tragen. Ich meine, was in der Vergangenheit zwischen euch Männern und Frauen schiefgelaufen ist, dafür kann ich nichts. Was mich anbelangt, versuche ich das Thema entspannt anzugehen. Irgendwie unvoreingenommen.«

Willem kam wieder näher heran und stellte seinen nackten Fuß auf die Sitzfläche des Gartenstuhls neben mir. Ein bisschen erinnerte er mich jetzt an Michael Schanze von *1, 2 oder 3*. Der hatte damals bei seiner 80er-Jahre-Fernsehshow auch immer einen Fuß irgendwo draufgestellt, um sich beim Singen seines Showsongs mit den Unterarmen auf dem angewinkelten Knie abzustützen. Fehlte bloß noch, dass Willem anfing, in ein imaginäres Mikro zu singen. Doch er brüllte: »Kacke, mein Sohn. Hier geht es um das Leben deiner Mutter. Schaff sie aus der Toilette, sonst schnallt sie ab.«

»Alles klar. Mach ich. Versprochen.«

»Bürschchen, dein Tonfall gefällt mir nicht. Du weißt wohl nicht, was mit den Leuten von der Roten-Armee-Fraktion in der Haft passiert ist?«

»Nein, weiß ich nicht.«

»RAF! Noch nie gehört oder was?«

»Doch. Die hatten alle ziemliche Augenringe.«

»Exakt! Und weißt du auch, warum sie auf der schwarzen Liste von Vater Staat standen?«

Ich räusperte mich.

»Haben sie wen umgebracht?«

Ich wollte so schnell wie möglich wieder nach Hause. Das wurde mir hier gerade alles etwas zu akribisch. Außerdem befürchtete ich, Pony könnte mit ihren beiden Martini-Bianco-Flaschen wieder abdampfen, bevor ich zurück war. Seit ich sie kannte, hatte ich ein gewisses Faible für alkoholische Getränke und rote Haare entwickelt. Swantje wollte ja nicht mit mir schlafen. Sonst wäre sie noch immer meine erste Wahl gewesen. Willem nahm seinen käsigen Fuß wieder runter und schlug theatralisch die Hände über dem Kopf zusammen.

»Kacke! Deine Generation ist so furchtbar verwöhnt und ignorant! Lest ihr nicht, oder was? Wisst ihr nicht, was bei uns in den Siebzigern los war? Hier herrschte der totale Guerilla-Krieg!«

Ich zuckte mit den Schultern.

»Ich muss los.«

»Daraus wird nichts, mein Sohn!«

Und schon klatschte er mir einen dicken Papierstapel in den Schoß. Vor lauter Erregung trat Schweiß aus seiner geröteten Stirn aus.

»Zuerst ziehst du dir das rein.«

Ich überflog die erste Seite.

ISOLATIONSHAFT IN DER BRD.

ENTSTEHUNG, ENTWICKLUNG, EXPORT.

Die 70er Jahre waren geprägt von Maschinenpistolen an jeder Straßenecke, der Todesschussfahndung, Sondergesetzen, wissenschaftlich erforschten und gegen die Gefangenen angewandten Haftbedingungen und von in den Knästen ums Leben gekommenen Gefangenen.

Ich sah auf: »Soll ich das jetzt alles lesen oder was?«

Willem zündete sich eine neue Zigarette an und nahm auf seinem Strohballen Platz.

»Allerdings.«

Ich las brav weiter. Ich wollte mein Dope.

ISOLATIONSFORSCHUNG

AN DER UNIVERSITÄT HAMBURG-EPPENDORF

Der Psychiater und bekannte Spezialist für soziale Isolation, Jan Gross, wurde 1967 Leiter des Sonderforschungsbereichs 115 ›Isolation und Aggression‹ in der Universitätsklinik Hamburg-Eppendorf. Er hatte sich schon zuvor mit Experimenten unter anderem über die Beeinflussbarkeit von Personen unter Isolationsbedingungen befasst.

Ich sah wieder auf: »Willem, ich kann das jetzt nicht lesen. Ich bin in Eile.«

»Das interessiert mich echt peripher.«

»Du kannst mich nicht zwingen.«

»Aber sicher kann ich das. Ich bin dein Vater.«

»Entschuldige bitte! Gibt ein Vater seinem Sohn Drogen?«

»In diesem speziellen Fall, ja. Aus – sagen wir mal – sozialspirituellen Gründen. Schließlich will ich deinen Horizont erweitern, und zwar in alle Himmelsrichtungen. Du bist unser Hoffnungsträger für eine bessere Zukunft. Du sollst spüren, was wahre Freiheit bedeutet! Es wird Zeit, dass du anfängst politisch zu denken und dir die Haare lang wachsen lässt.«

»Ich will aber nicht.«

Willem stand dampfend von seinem Strohballen auf und kniete sich wie der Aschenputtel-Prinz vor mir nieder. Er versuchte, ruhig zu bleiben. Ich sah ein paar Schuppen in seinem rötlichen Haar, seine fettbefleckten Brillengläser und seine hellen, langen Wimpern, die unruhig zitterten. Er schlug mir gegen die Wade und brüllte: »Wer die Haare nicht ehrt, ist des Pimmels nicht wert! Und jetzt lies!«

»Na gut.«

Gross selbst unternahm mit Forscherkollegen in den Jahren 1971 bis 1974 Laborversuche mit Menschen, die er in einer ›camera silence‹ (stille Kammer, ein nach außen schallisolierter, nach innen schallschluckender Raum) beobachtete … Erklärte Ziele waren die Entwicklung von Strategien zur Reduzierung, Kanalisierung und Kontrolle von aggressivem, unangepasstem oder widerständigem Verhalten sowie Umerziehung und die Erlangung wahrer Geständnisse in Verhören.

Ich legte den Stapel auf den Tisch und wollte aufstehen.

»Willem, ich kann mich in dieser ländlichen Atmosphäre nicht konzentrieren.«

Mit wildem Blick sprang er auf, haute mir seine Hand auf die Schulter und drückte mich zurück auf den Stuhl. Dabei presste er mir seinen bleichen Bauch ins Gesicht, der mit kaltem Schweiß überzogen war. »Lies!«

»Warum?«, quetschte ich hervor.

»Weil hier Verbrechen an den Menschen verübt wurden.«

»Aber das ist doch jetzt schon tausend Jahre her.«

Willem gab mir einen Schlag auf den Hinterkopf.

»Pass auf, was du sagst! Das, was damals noch vom Staat aus delegiert wurde, passiert heute in jeder monogam angelegten Partnerschaft: Freiheitsberaubung! Bevormundung! Isolation! Check das aus!«

Um den Albtraum hinter mich zu bringen, las ich weiter.

Isolationshaft ist zwar keine Erfindung deutscher Behörden und Gerichte, aber perfektioniert und verwissenschaftlicht wurde sie in der BRD. Von der DFG wurde dies 1973/74 mit einer Summe von 2,8 Millionen DM finanziert.

Ich sagte gelangweilt: »Ja und?«

Willem fuhr in seinem seidenen Kimono herum. Hektisch drückte er seine Zigarette in einer halb aufgegessenen Pizza aus und schlug mit der Hand auf die Papiere.

»Ja und? Willst du mich verarschen?«

Er riss mir die Blätter weg, leckte seine Fingerspitze an und scrollte sich durch den Stapel. Endlich hatte er die entscheidende Stelle gefunden.

»Kacke! Meinst du, das ist angenehm?«

Er klatschte mir den Stapel zurück auf den Schoß und tippte mit seinem feuchten Zeigefinger darauf herum.

»Lies das laut vor!«

Ich räusperte mich.

Isolationshaft wird seit 1970, als es die ersten Gefangenen aus der RAF gab, vom Bundesgerichtshof auf Antrag der Bundesanwaltschaft angeordnet ... Sie wurden in Einzelzellen untergebracht und innerhalb der Gefängnisse sowie nach außen weitestgehend von menschlicher Kommunikation abgeschnitten.

Willem nickte weggetreten. Dazu seufzte er, als ginge es darum, einen engen Freund in Isolationshaft irgendwie rauszuboxen. Ich fragte: »Willem, worum geht es hier eigentlich? Bist du Anwalt oder so?«

»Sicher. Was denkst du denn? Alle aus meiner Generation sind Anwälte geworden, um uns gegen das Establishment durchzusetzen. Anwälte für die Menschlichkeit. Wir müssen zurück zu unseren spirituellen Ursprüngen, um uns auf das Gute in uns selbst zu besinnen.«

»Aha. Und was hat das mit mir zu tun?«

»Kacke! Bist du hirntot? Deine Mutter sitzt in Isolationshaft.«

»Aber was hat das mit dem Bundesgerichtshof zu tun?«

»Ihre Handlung ist eine verspätete Reaktion auf das Unrecht, dem wir hier jahrzehntelang ausgesetzt waren und in unseren Eigenheimen noch immer sind. Der Mensch ist vor Jahrtausenden innerlich mutiert. Und solange er das nicht begreift, wird er weiter mutieren und sich selbst zerstören.«

»Ich will dich ja nicht enttäuschen, Willem. Aber ich glaube, in ihrem Fall ist die Sache ziemlich eindeutig privat-emotional motiviert.«

»Da liegt ja der Hund begraben! Ihre persönliche Not ist Resultat der vergifteten Gesellschaft, die sich – menschlich betrachtet – von ihrer Unschuld meilenweit entfernt hat. Nur kann Renate in ihrer Toilette das Problem allein nicht lösen. Lies weiter.«

Mein Mund war trocken, meine Augen brannten. Warum nur wurde ich ständig zu irgendetwas gezwungen? Ich leierte los.

Die Maßnahmen waren vielfältig: Nichtbelegte Zellen über, unter, rechts und links von der geräuschisolierten Zelle des Gefangenen, Panzerglasfenster oder Fenster mit Sichtblenden und Fliegengitter, luftdichte Zellentüren, weiße Wände und Einrichtungen, Verbot etwas an die Wand zu hängen, Blechklo, Blechspüle, eine eingemauerte Blechplatte als Spiegelersatz und Betonfußboden. Ständige Neonröhrenbeleuchtung, nahezu ununterbrochene optische und akustische Überwachung, tägliche bzw. wöchentliche Zellenkontrollen und Leibesvisitation bei völliger Entkleidung, stündliches nächtliches Wecken, Verbot und Verhinderung von verbaler und optischer Kontaktaufnahme nach innen und außen.

»Aha!«

Willem nickte triumphierend.

»Aha!«

Er hob seinen Zeigefinger, und ich legte den Stapel weg. Willem sah mich durchdringend an.

»Und? Das zündet, was?«

»Hm.«

»Bist du abgestumpft oder was? Das zeigt, wie die Menschheit drauf ist. Total krank! Ich sage dir, auf der ganzen Welt werden täglich schwerst die Menschenrechte verletzt und du gurkst hier rum und willst Koks. Schäm dich! Sorg dafür, dass es wenigstens bei dir zu Hause läuft, und dann tu was für die gottverdammte Welt!«

Ich sagte: »Entschuldigung? Bist du nicht der Vater, der mich von einem anderen hat aufziehen lassen, um es bequemer zu haben?«

Willem nickte nervös.

»Ja, klar. Klar, klar, klar. Nur bin ich nicht mehr der Gleiche, der ich früher mal war. Es war ein langer Weg zu dieser schmerzhaften Einsicht: Ich habe mich an dir versündigt, mein Sohn. Und ich will nicht, dass du die gleichen Fehler machst wie ich.«

Ich war bockig.

»Das kann dir doch total egal sein.«

Er zog sich einen Klappstuhl ran und hockte sich dicht neben mich, sodass ich seinen nicht ganz frischen Atem riechen musste.

»Hör mal, du bist mein Sohn. Ich trage die Verantwortung, dass aus dir was wird. Und aus dir wird nichts, wenn deine Mutter im Klo abschnallt. Alles klar? Übernimm Verantwortung! Zeig, was du drauf hast! Deine Mutter sehnt sich nach der Zeit zurück, in der noch alles gut war, in der die Leute auf die Straße gegangen sind, um für das Gute auf Erden zu kämpfen. In der sie erkannt hatten, dass die Korsettierung von Mann und Frau durch eine monogame Partnerschaft mehr Angst produziert denn Liebe und Vertrauen. Gib ihr die Hoffnung zurück, dass du die Welt zu einer besseren machst.«

Er klopfte mir väterlich auf die Schulter und zwinkerte gerührt mit seinen hellroten Wimpern. Er war mächtig stolz darauf, mit mir ein Vier-Augen-Gespräch geführt zu haben, das war eindeutig. Er raffte seinen Kimono zusammen und lächelte selbstzufrieden. Er faltete die Hände vor dem Bauch und ich sah, dass seine vergilbte Crystal-Swatch weg war.

»He, Willem. Wo ist die Swatch?«

»Versetzt.«

»Was? Warum das denn? Läuft's nicht so gut?«

»Lass das mal meine Sorge sein.«

Er stand auf, kramte mir das Dope aus der Müllhalde unter seinem Bett hervor und sah zu, dass ich verschwand.

Dreizehn

Ich war vollkommen erledigt, als ich auf dem Rad nach Hause fuhr. Ich fühlte mich, als hätte ich die letzten Jahre unter Folter verbracht. Warum konnten mich die Menschen mit ihrem Blödsinn nicht mal in Ruhe lassen? Ständig quatschten sie mich mit ihren Belangen voll und erwarteten, dass ich sie erlöste. Ich taumelte durch den sommerlichen Garten, und über dem Lavendel summten die Bienen. Ich trat über die Schwelle in unser Wohnzimmer. Zum Glück war Pony noch da. Sie trug eine enge, abgewetzte Jeans und gewöhnungsbedürftige Cowboyboots zum Schnüren. Obenrum klemmte sie in einem rostfarbenen T-Shirt mit weitem Ausschnitt. Sie hatte eine Menge selbstgetöpferter Kettenanhänger an Lederbändern um den Hals. Darüber trug sie eine Art Holzfällerjacke in Grün- und Orangetönen. Ihre Augen hatte sie mit schwarzem Kajal dramatisch umrandet. Überall auf ihrem Körper flippten diese Sommersprossen. Mit Barry und Swantje saß sie auf Pearls Perserteppich und bestaunte eine selbstgebaute Wasserpfeife aus einer zerbeulten Cola-Plastikflasche. Die angeschmorte Wasserpfeife stammte von Barry. Auf dem Weg zur Schule hatte er sie in der Unterführung einem »abgefuckten Typen im Rollstuhl« abgekauft, der behauptet hatte, er sei Vietnam-Kriegsveteran. »Was sollte ich machen? Der brauchte ein paar Scheine.«

Aus Spaß nuckelte er an dem mit Tesafilm angeklebten Schlauch herum und ließ die Pupillen kreisen. Pony bemerkte mit angewidertem Gesichtsausdruck:

»Ich hoffe, du hast das Mundstück vorher desinfiziert.«

Barry blickte sie verwundert an. »Nö. Wieso?«

Meine süße Pony atmete tief ein und sah mich an. Ich lächelte. Sie war genau mein Fall. Irgendwie hygienisch veranlagt. Swantje streckte schnell ihre Beine aus, genau zwischen Pony und mich, und meinte mit merkwürdig harter Stimme: »Josh hat eine richtig coole Kurzgeschichte über einen Skinhead geschrieben, der sich umbringt. Sie heißt: *Er war mein Sohn.*«

Pony riss die Augen und den kleinen rosa Mund auf.

»Du schreibst? Wie freaky ist das denn bitte? Ich nämlich auch!«

Swantje machte ein ablehnendes Prustgeräusch.

Aber Pony ignorierte das und informierte uns über ihre Lebensgeschichte.

Schon als Kleinkind hatte sie Schriftstellerin werden wollen. Sie kam aus einer ziemlich aristokratischen Familie, und sie hatte definitiv nicht vor, sich von Männern unterdrücken zu lassen. »Bin ich denn bescheuert?« Sie wollte vollkommen entfesselt leben, und irgendwie gehörte die totale Selbstzerstörung mit dazu. »Schon als Baby habe ich mich mit Streichhölzern und Silvesterknallern selbst verbrannt.«

Pony war toll. Und ihr Lieblingsschriftsteller war Heinrich Böll. »Er ist ein Poet!« Mit drei Jahren wäre sie um ein Haar von einer Frau im Einkaufszentrum entführt worden. »Aber der kleine Nachbarsjunge hat mich gerettet.« Ein paar Jahre später wäre ihr Vater fast bei einem Autounfall verunglückt. »Sein Wagen hat sich mehrfach überschlagen!« Und ihre Mutter hatte eine Geliebte. »Die ist total gebildet.« Pony selbst war manisch depressiv. »Irgendwie stehe ich immer am Abgrund.«

Ich verliebte mich sofort in sie. Sie zog ihr T-Shirt noch ein wenig weiter runter, sodass wir ihre winzigen Brüste bestaunen konnten. Ich war hingerissen. Swantje konnte diesen FKK-Auftritt weniger gut leiden. Auf ihrem Sitzsack beugte sie sich zu Pony vor. »Ist dir warm oder was?« Und bevor Pony antworten konnte, verschwand Swantje türenschlagend in unserem Schlafzimmer und legte ihren nervenzerfetzenden Noise Rock auf.

He's got a fatal erection home in bed
He's really smart and he's really fast
He's got a hard tit killer fuck in his past

Swantje hatte definitiv vor, die zweite Kim Gordon zu werden. Überhaupt kleidete sie sich in letzter Zeit ziemlich punkig: mit riesigen Plexiglasohrringen, ultrakurzen Röcken und breit gestreiften Oberteilen. Ich hingegen beschloss, mir meine Haare lang wachsen zu lassen.

Nachdem sich Swantje endlich wieder beruhigt hatte, legten wir an diesem seltsamen Nachmittag ein paar alte Platten von meiner Mutter auf. Zuerst die ziemlich anstrengende MC5, weil Swantje mit drohendem Blick darauf bestand. »Die wird gehört! Sonic Youth haben sich nach denen benannt.«

Wir anderen bekamen ziemlich schnell Kopfschmerzen davon. In den Pausen, zwischen dem grauenhaften Geschrammel, hielt es meine Mutter in ihrer Isolation schließlich auch nicht mehr aus. Durch den Türspalt brüllte sie in die Runde. »Diese Jungs trieben uns so was von auf die Straße. Wir rissen uns die BHs von den Titten, mähten Zäune und Absperrungen nieder. Alles, alles, was uns zu Sklaven machte. Wir trainierten uns gegenseitig im Karate!«

Pony sah mich an und flüsterte: »Ist ja irre.«

Ihre Augen waren sehr, sehr grün. Ich grinste. Und sie machte zum Spaß dieses Daumenzeichen. Barry rief:

»Babe, sollen wir dir ein Megafon bringen, oder kommst du raus? Du ruinierst dir deine Stimme.«

Meine Mutter reagierte darauf gar nicht, sondern brüllte einfach noch lauter, jetzt sogar gegen das enervierende Gitarrengeschräbbel an.

»Ich sage euch! Nie wieder wurde im Namen der Liebe so viel zerstört!«

Pony legte ihre kleine Hand auf mein Knie.

»Holst du mal vier Gläser?«

Ich stand auf und tanzte rüber in die Küche, während meine Mutter weiterbrüllte, als ginge es um ihr Leben.

»Norman, Norman Mailer, ihr wisst schon, der, der seine Frau aufgeschlitzt hat. Hallo?«

»Ja-ha!«

»Also, Norman, er war ein guter Freund von mir, nannte das Ganze einen ›bestialischen, nihilistischen Aufschrei‹. Hört ihr? ›Einen bestialischen, nihilistischen Aufschrei‹!«

»Ja-ha.«

»Wir wälzen uns in Trance in den Rabatten, und ein paar von uns setzten sich den goldenen Schuss. Das war eine Stimmung! Euch hätte es gefallen! Hört ihr? Sagt doch mal was!«

Ich kam mit den Gläsern zurück und reichte sie Pony runter, die so was von entzückend lächelte. Wie die liebe Sonne.

»Und dann hat dieser verdammte Nixon einfach Kambodscha plattgemacht. Bähm! Bähm! Bähm! Und gleich auch noch ein paar demonstrierende Studenten. Einfach abknallen lassen. Ich muss nicht sagen, dass ich einen von ihnen relativ gut kannte. Da hat es mir gereicht, und ich bin rüber zum Weißen Haus und habe es belagert. Ihr hättet dabei sein sollen! Ich war richtig auf Krawall gebürstet. Das kann ich euch sagen.«

Barry stand auf und zurrte seinen Schlangenkopfgürtel zurecht.

»Ich stopf meinem Babe mal eben die Löcher.«

Swantje verzog das Gesicht.

»Das ist so widerlich. Kannst du eigentlich auch mal an was anderes denken?«

Ich goss die Gläser voll bis zum Rand und Swantje kippte sich mit einer wütenden Geste den Rest aus der Flasche direkt in den Schlund. Ponys Gesicht schwebte an mir vorbei, und ihre zuckrigen Lippen hauchten einen Kuss auf meine.

»Hm, du schmeckst süß.«

Dann krabbelte sie rüber zu den Plattenstapeln und zog eine andere Scheibe heraus. Mein Kopf dröhnte, Swantje starrte beleidigt vor sich hin, und Barry kam schon wieder von seiner Mission zurück. »Scheiße, sie lässt mich nicht rein.«

Er ließ sich neben mich auf den Teppich fallen und nahm den ersten großen Schluck aus einem der Gläser. Aus den Boxen knisterte nun spiritueller Blues. Pony setzte sich dicht neben mich und raunte in mein Ohr: »Ich könnte durchdrehen. Es ist so als würde sich die Musik dreidimensional in mir ausbreiten. Als würde sie mich ficken. Verstehst du? Mich ficken …«

Ich nickte debil. Mehr war nicht drin. Pony atmete aus und streckte ihren Oberkörper durch. Dabei machte sie eine unmissverständliche Geste mit dem Becken. Sie streichelte sich über die Oberschenkel und ihre Nasenflügel bebten.

»Ich halte es nicht aus. Kannst du mich mal am Rücken kratzen? Meine Nerven laufen Amok.«

Ich tat ihr den Gefallen. An diesem Nachmittag, in dem der Sommer in den Zweigen hing, hörten wir *Something* nicht unter zwanzig Mal, und Pony schlängelte sich um mich herum. Dann fingerte Barry eine rostrote Plattenhülle heraus, auf der ein kleiner, indischer Junge vor einer leeren Reisschüssel zu sehen war. *The Concert for Bangladesh*. Die legten wir auch noch oben drauf. Plötzlich, als wir zu viert im Kreis auf dem Teppich lümmelten, die erste Flasche Martini geleert hatten und wir alle gefühlsmäßig ziemlich rotierten, ging die Toilettentür noch mal auf. »Ob ihr es glaubt oder nicht: Ich war fast dabei. Mit ein paar anderen Jüngern bin ich von Bombay rüber nach Bangladesh. Das war vielleicht ein beknackter Eisenbahn-Trip. Wir hockten zwischen diesen meckernden Viechern im vollgekackten Stroh und mussten aus dem Fenster pissen. Danach war meine ganze Kutte im Arsch. Irgendwer wurde noch von einer Scheiß-Schlange gebissen. Ich glaube, es war Patti Smith.«

Pony sah mich an.

»Ich verstehe nur Bahnhof.«

»Sie war eine Jüngerin Bhagwans.«

Meine Mutter rief:

»Das war eine Stimmung! Euch hätte es gefallen. Stichwort: Super Wetter, erstklassige Lasershow, Top-Acts! Nur leider hatte uns jemand die falsche Info gegeben. Das Ganze fand nicht in Bangladesh, sondern im Madison Square Garden statt.«

Die Tür ging wieder zu und Barry seufzte erschlagen: »Ich glaube an Jesus Christus, unseren Herrn.«

Pony sagte: »Ich glaube an Sex.«

Swantje sagte: »Ich glaube an gar nichts mehr.«

Und ich sagte: »Wollen wir mal was anderes hören?«

Wir tranken die zweite Martiniflasche aus. Barry torkelte rüber in die Küche und kam mit einer Glasschüssel voller Backerbsen wieder. Die stellte er auf Pearls Teppich, in unsere Mitte. Ich habe keine Ahnung, wer von uns anfing, die anderen mit Backerbsen zu bewerfen. Es war aber auch unwichtig, einen Augenblick später bewarfen wir uns nämlich alle mit Erbsen, die in unsere Klamotten rutschten und sich in Ponys krausem Haar verfingen. Wir kugelten übereinander, und ich sah, wie meine zugedröhnte Pony ihre Hand auf Swantjes Brust legte, und ich sah, wie Barry Pony auf den Mund küsste, und ich fühlte, wie meine Hand in Ponys Haare griff. Sie drehte mir ihr gesprenkeltes Gesicht zu und glitt gekonnt über mich. Ihre dünnen Beine drückten sich zwischen meine, ihr schmaler Oberkörper senkte sich langsam auf mich ab.

»Willst du mich ficken?«, flüsterte sie.

Und dann war da schon wieder Barry, der seine kräftige Hand unter mein T-Shirt schob und mir seine Zunge in den Mund steckte. Swantje, die sich heftig mit Pony küsste. Niemand weiß, wie lange diese fantastische Geschichte ging. Ich weiß nur noch, wie Swantje plötzlich anfing zu weinen. Pony gab mir einen zärtlichen Schubs: »Mach mal was zu essen.«

Ich ging rüber in die Küche, um uns ein paar Finn Crisp mit Nutella zu bestreichen. Als ich zurückkam, hing Swantje schlaff und mit glasigen Augen in Ponys Armen. Ich reichte den Teller mit den Nutellabroten rum, und Barry flippte mit seinen Fingern wie besessen durch den Plattenstapel. Sein schwarzes ausgewaschenes Hemd war aus der Lederhose gerutscht, seine blonden Haare hatte er sich zu einem losen Pferdeschwanz gebunden. Er machte keinen sonderlich gefassten Eindruck. »Dafür kommen wir alle in die Hölle.« Schließlich zog er eine Platte heraus und legte sie auf. Er bog seinen Oberkörper zurück und rief durch den Flur: »Das ist für dich, Babe!«

Soweit ich mich erinnere, war es *Whole Lotta Rosie* von AC/DC. Dann pflanzte er sich wieder auf den Boden, glotzte stumpf den Flur hinunter, zur verschlossenen Toilettentür, und zündete sich eine Zigarette an, die er in einem Zug niederglühte. Swantje schniefte, und Pony strich ihr die blondierten Haare aus der Stirn. Ich lutschte mir die aufgeweichten Finn-Crisp-Brösel aus den Zahnzwischenräumen und legte mir unbemerkt noch einen halben Owsley-Trip auf die Zunge: »Was ist denn los?«

Pony sagte: »Ihr Vater hasst sie.«

»Was, warum das denn?«

Da weinte Swantje gleich wieder richtig los. Ich war etwas verwundert. Bis jetzt hatte sie doch immer etwas gegen Gefühle gehabt. Swantje wurde regelrecht von ihren frühkindlich erlittenen Schmerzen durchgeschüttelt.

»Weil er lieber einen Sohn gehabt hätte.«

Pony zog eine Augenbraue hoch.

»Das ist doch scheiße.«

Und bevor ich ein psychologisch wertvolles Gespräch anbringen konnte, in dem ich Parallelen zu meiner eigenen Kindheit zog, stand Barry schon wieder vom Teppich auf, wankte rüber zum Verstärker und drehte voll auf, sodass uns Angus Jungs' Gitarrenriffs messerscharf um die Ohren schrammten. Mit seinen Cowboystiefeln stampfte er um uns herum, riss sich das Haargummi vom Zopf und schleuderte seinen Kopf im Kreis. Er brüllte: »Never had a woman like you. Doing all the things you do.«

Zum guten Schluss trat er gegen den tibetischen Gong, der nach hinten umkippte. Später übergab sich Swantje in die Küchenspüle. Mir ging es nicht besser. Ich hatte mir einen Sitzsack als Kopfkissen herangezogen, der Boden wankte, die Wände drohten einzustürzen. Nur Pony war nicht totzukriegen. Während Barry manisch mit dem Staubsauger herummachte, um die Erbsen unterm Sofa einzusaugen, legte sie sich neben mich, strich mir immer wieder mit ihren Sommersprossen-Händen über das Gesicht und wisperte in mein hungriges Ohr: »Lass uns in dein Zimmer gehen.«

Ich lächelte und küsste sie auf den Mund, der ständig vor meinem hin und her sprang. Ich fand sie toll. Sie drückte ihr Becken gegen meins, als ich sagte: »Ich sterbe.«

»Dann gehe ich jetzt besser.«

Sie schenkte mir noch einen festen Griff zwischen die Beine, küsste Barry und Swantje auf die Wangen und machte zum goldenen Abschluss ein Peace-Zeichen. Ich machte eins zurück. Dann zog sie sich ihre Holzfällerjacke über und verschwand durch den dämmrigen Garten, begleitet vom süßen Gezwitscher Tausender Amseln. Und die Engel warfen Glitter über die Zäune.

Swantje legte sich mit geschwollenen Lidern und derangierter Frisur ins Bett. Seelisch war sie gar nicht auf der Höhe. Ich stand unschlüssig im Türrahmen und knipste das Licht aus. Sie wimmerte: »Ich hab meine arme Mama mit meinem Vater alleine gelassen.«

Um ihr ein Gefühl von Geborgenheit zu vermitteln, rutschte ich neben sie auf die Bettkante und berührte ihren nackten Arm.

»Ach, was.«

Swantje zog sich das Kopfkissen übers Gesicht und redete in die Daunenfüllung: »Doch! Der hat sich vor kurzem einen Premiere-Decoder zugelegt.«

Was diese Anschaffung jetzt mit der Tochter-Vater-Problematik zu tun hatte, blieb mir schleierhaft.

»Ich bin in mir, in der staubigen Höhle meiner Traurigkeit gefangen«, schluchzte sie.

Ich rieb ihr zur Entspannung ein bisschen den Rücken.

»Das bist du bestimmt nicht.«

Swantje machte eine abwehrende Bewegung mit dem Arm.

»Du hast doch keine Ahnung!«

Also zog ich mich gekränkt zum Fußende zurück und wusste nicht, was ich noch sagen sollte. Offenbar war alles falsch. So ungefähr mussten sich über Jahrhunderte die Frauen gefühlt haben, bei dem Versuch, einen emotionalen Zugang zu ihren Männern herzustellen. Swantje rollte sich auf die Seite, weg von mir und murmelte: »Mein Vater hat mich zerstört.«

Ich stand wieder auf, und am Türrahmen lehnend dozierte ich: »Die Menschheit sollte endlich aufhören, immer nach dem Schuldigen für das eigene Unglück zu suchen. Es wird Zeit, eigenverantwortlich zu denken und zu handeln. Nur so kann unsere Welt zu einer besseren werden.«

Swantje setzte sich in ihren Kissen auf, ihr pinkfarbener Lippenstift war quer über die Wange verschmiert. Der blaue Maskara war verlaufen.

»Scheiße, hast du Drogen genommen?«

»Nur einen halben Trip.«

Ich lächelte und breitete die Arme aus.

»Vereint werden wir das Land mit Wogen der Ekstase und Reinigung überschwemmen, die Angst wegwaschen, Ignoranz dem hellen Licht der Sonne aussetzen. Profit und Macht werden an einsamen Stränden verschmachten, Gewalt in Rhythmus und Tanz verwandelt.«

»Woher hast du das?«

Ich ließ die Arme wieder sinken. »Steht auf so einem Flugblatt, das bei Willem innen an der Toilettentür pinnt.«

»Aha.«

Swantje zog die Knie zu sich heran, sodass ich ihr von meiner Position aus unter den Jeans-Mini spähen musste. Ihr Schlüpfer hatte die Farbe Lila. Sie blickte zur Seite weg und fragte nach einer kurzen Denkpause etwas zu laut: »Hast du schon mal einen Porno gesehen?«

Ich riss meinen Blick von ihrem lila Schlüpfer, hoch zu ihrem Gesicht, das sie mir jetzt zuwendete. Ich zuckte mit den Schultern:

»Ich würde sagen: Nein. Aber manchmal habe ich den Eindruck, als hätte ich doch schon mal einen gesehen. Aber ich kann mich nicht konkret erinnern. Ab und zu kommen Bilder von nackten Frauen in mir hoch und …«

Swantje unterbrach mich. Ihre Stimme war rau. »Willst du mich lecken?«

Ich schluckte.

»Vielleicht später ...«

Plötzlich kreiselte und wirbelte es bunt um mich herum. Ganze Micky-Mouse-Hefte flatterten in Großformat an mir vorbei, ich versuchte, all die Sprechblasen zu lesen, aber es gelang mir nicht. Ich taumelte. Mein Mund war trocken. Ich fasste nach meinen Händen, die waren winzig klein, meine Unterarme nicht dicker als ein Bleistift. Eigentlich bestand ich nur noch aus einem dysfunktionalen Gehirn in einer Kuppel aus Glas. Wie damals meine Mutter. Oben auf dem Dach. Ich machte ein paar wacklige Schritte auf Swantjes Bett zu, schloss die Augen und ließ mich nach vorne auf ihre Beine kippen. Da blieb ich für mehrere Stunden bewegungslos auf der Bettdecke liegen und drückte mein Gesicht gegen ihren Bauch. Swantjes Hand strich durch meine Haare, über meine Wange. Ab und an flüsterte ich: »Ich ruh mich nur kurz aus, dann lecke ich dich. Oder wir schlafen miteinander. Das würde mir eigentlich noch viel besser gefallen.«

Als es draußen dunkel war, wachte ich mit kaltem Schweiß auf der Stirn auf. Swantje schlief mit seltsam verdrehten Armen. Vorsichtig stand ich vom Bett auf, deckte sie ein bisschen zu und waberte mit meinem Schulrucksack raus in den Flur. Die Wände kamen mir entgegen, sicherheitshalber breitete ich meine Arme aus und ging breitbeinig weiter, um das Gleichgewicht zu halten. Gerade als ich in der Stille der Nacht anfangen wollte, am Küchentisch ein bisschen für die anstehenden Abiturklausuren zu lernen, ging hinter mir die Toilettentür auf und meine Mutter brüllte mit heiserer Stimme: »Barry, kommst du mal bitte.«

Augenblicklich kam Barry mit einem Wischlappen und Glasreiniger die Treppe von oben runter, packte alles ordnungsgemäß in die Abstellkammer und verschwand mit triefigem Blick in der

Gästetoilette. Kurz darauf hörte ich meine Mutter kreischen: »Hast du schon mal etwas von Treue gehört, du Arsch?«

»Was meinst du?«

»Na, die Scheißaktion, die ihr da vorhin auf Pearls Teppich abgefeiert habt.«

»Ich dachte, du bist für die freie Liebe.«

»Wie kommst du denn auf den Scheiß?«

»Du hast doch früher auch mit jedem …«

»Heaven! Das ist zwanzig Jahre her!«

Dann klatschte, es und Barry kam mit zwei ziemlich roten Wangen wieder raus. Hinter ihm krachte die Tür ins Schloss, und drinnen wurde der Schlüssel herumgedreht. Barry klopfte gegen die Tür und flehte: »He, Babe! Du bist doch meine Perle. Das weißt du doch.«

Und weil meine Mutter nicht mehr reagierte, fing Barry hinter mir an, ein Vier-Gänge-Menü zu kochen. Dafür brauchte er viele unterschiedliche Töpfe und ich hatte Schwierigkeiten, mich auf meinen Stoff zu konzentrieren. Offenbar hatte er in seinem Leben noch nie etwas Warmes zubereitet. Er griff sich ein altes Kochbuch, das auf dem Gewürzregal verstaubte, und klaubte zusammen, was wir an Konserven und anderen haltbaren Produkten im Hause hatten. Gegen Mitternacht war er mit seinem Rotkohl und den Kartoffelknödeln fertig. Als er sich daran machen wollte, den Küchentisch zu decken, packte ich meine Schulsachen zusammen und legte mich in mein Bett. Swantje schmatzte leise in ihrem. Vermutlich träumte sie davon, wie ich sie leckte. Mein Gesicht lag auf meinem Plüschfisch mit den großen Glupschaugen. Der Rest von mir sackte drei Meter tiefer, unter die Erde, und waberte gemeinsam mit den Regenwürmern um feine Wurzelenden. Mir erschien Pony als riesiger Grashüpfer mit rotem Haar. Sie rieb ihre grünen Beine aneinander und zirpte: »Joshi, willst du mich ficken?«

Doch bevor ich antworten konnte, sprang sie über die wogenden Baumwipfel davon. Also übergab ich mich dem grenzenlosen Universum und rannte die glitzernde Milchstraße entlang, bis zur Himmelspforte, wo ich mich ins goldene Buch der verlorenen Seelen eintrug. Unterdessen holte Barry aus dem Elternschlafzimmer den Kerzenlüster aus Messing, steckte ein paar Kerzen hinein und klopfte an die Toilettentür: »Babe, hast du Lust auf ein Candlelight-Dinner?«

Er bekam keine Antwort. Nach dem zehnten Versuch stellte er den Lüster mit den brennenden Kerzen weg und trat die Tür ein. Was er da sah, war nicht schön.

Vierzehn

Meine Mutter hatte versucht, sich mit ihrem Hippie-Gürtel an der Türklinke zu erhängen. Aus irgendeinem Grund hatte es nicht funktioniert. Barry beeilte sich, den festgezurrten Gurt wieder von ihrem Hals zu bekommen. Ihr Gesicht war blau angelaufen, die Zunge fiel ihr aus dem Mund und die Augäpfel quollen so stark hervor, dass sie die Lider nicht mehr schließen konnte. Barry brüllte nach uns, im Schlaf hörte ich ihn meinen Namen rufen. Doch seit meiner Kindheit war schon so viel gebrüllt worden. Ich reagierte erst, als Swantje mich an der Schulter schüttelte.

»Wach auf! Es ist etwas Schreckliches passiert.«

Ich torkelte in T-Shirt und Unterhosen hinter ihr her in die voll ausgeleuchtete Küche. Wieder lag meine Mutter auf dem Boden – in Jeans, Samtschläppchen und einem weit aufgeknöpften, dunkelblauen Hemd. Ich sah ihre nackte Brust. Aus ihren blassblauen Augen starrte sie Barry an, der ihr immer wieder mit der flachen Hand und den Totenkopfsilberringen ins hagere Gesicht schlug. Seine Stimme zitterte: »Babe, bitte sag doch was! Babe!«

Ich versuchte, cool zu bleiben. »Ist sie tot?«

Langsam hob Barry seinen Kopf an, sein Mund stand offen.

»Du weißt wohl nicht, wie es ist, Waise zu sein, was?«

Ich verschränkte die Arme vor der Brust.

»Weißt du es denn?«

»Zumindest zur Hälfte.«

»Dann tust du mir auch nur zur Hälfte leid.«

Ich setzte mich auf einen der Küchenstühle und sah hinunter zu meiner Mutter, wieder lag ihr langes Haar wie eine Korona auf dem splittrigen Holzboden und auf Barry, der alles tat, um sie durch Mund-zu-Mund-Beatmung wieder zurückzuholen. Seine Hände flirrten vor Anspannung, er keuchte, ich sah, wie er in seiner Lederhose auf den Knien um meine Mutter herumrutschte, seine Füße waren nackt. Er hob ihren Kopf an, legte ihn hilflos in seinen Schoß, streichelte über ihre weißen Wangen, beugte sich über sie, seine Haare fielen auf sie herunter, er küsste sie, flüsterte, flehte. Er weinte. Ich dachte, ich sollte ihn beiseite drängen und ihm zeigen, wie es ging. Im Laufe meiner Jugend hatte ich meine Mutter schon einige Male wiederbelebt, zuletzt als sie vor zwei Jahren beim gemeinsamen Abendessen im Opiumrausch wie leblos vom Hocker gekippt war. Aber irgendwas hielt mich jetzt zurück. Ich klebte förmlich auf dem Stuhl fest. Nach ein paar erneuten Atemzügen praktizierte Barry Herzmassage, mit durchgestreckten Armen. Inzwischen hatte er sich sein Hemd ausgezogen. Das grüne Fabelwesen trat auf seinem Trizeps hervor, als er sich mit Wucht von oben auf meine Mutter herunterstemmte. So heftig, dass daran seine Angst abzulesen war, meine Mutter zu verlieren.

»Baby, lass mich nicht allein in dieser Welt.«

Swantje trug nichts außer einem mittelblauen BH, einem passenden Schlüpfer und offenen Springerstiefeln. So stand sie im Wohnzimmer am Telefontischchen herum und rief mit rauchiger Stimme einen Krankenwagen. So stand sie auch noch da, als die Sanitäter in ihren orangefarbenen Rettungsjacken hereinkamen. Mit dem einzigen Unterschied, dass sie sich aus der Abstellkammer schnell noch den army-grünen Akkubohrer geholt hatte, um damit zu posieren. Swantje war wieder voll da. Abgespalten von jeglichen Emotionen. Sie war Tank-Girl höchstpersönlich. Die Männer vom Rettungsdienst hatten definitiv ihre Schwierigkeiten, sich auf die Wiederbelebung meiner Mutter zu konzentrieren. Dauernd wanderten ihre Blicke am Küchentisch vorbei über die Sofalehne hinüber zu Swantjes nacktem Bauch. Ihr gebleichter Pony fiel ihr wirr ins Gesicht, ihre Lippen waren leicht geöffnet. Sie zündete sich eine Zigarette an und stellte ihre Hüfte aus. Ein Sanitäter mit umgehängtem Stethoskop steckte ihr im Vorbeigehen einen Zettel mit seiner Nummer zu, den sie mit überlegenem Lächeln und der Bohrmaschine im Anschlag in ihrem BH verstaute. »Merci, chéri.«

Barry brüllte: »Scheiße, seid ihr zum Bumsen hier oder was?«

Endlich schnallten die Sanitäter meine Mutter auf die Trage und schoben sie an mir vorbei. Im Vorbeirollen griff sie plötzlich nach meiner Hand und flüsterte: »Vorhin habe ich zum ersten Mal seit langem in den Spiegel gesehen. Und da war diese alte Frau.« Ihre Hand glitt vorüber. Meine Mutter auf der Trage glitt vorüber, in den Rettungswagen hinein, auf dem das Blinklicht lautlos rotierte. Im Laufen warf sich Barry seine Holzfällerjacke über, seine Haare zurück, dann sprang er noch schnell hinten mit rein. Von innen wurden die Türen zugezogen, der Wagen setzte sich in Bewegung, holperte über die Bürgersteigkante und raste durch die neblige Nacht davon. Hier stand ich, in Unterhosen und T-Shirt, mit vor der Brust fest verschränkten, von Gänsehaut überzogenen Armen. Mir war so kalt. Meine Zähne schlugen aufeinander, in mir verkrampfte sich alles. Ich sah hinüber zu den schwarzen Baumwipfeln des Waldsaums. Ich hätte meiner Mutter Mut machen sollen. »Wird schon wieder.« Wie ein guter Sohn. Swantje trat von hinten dicht an mich heran. Sie strich mir über den Hinterkopf, über den Nacken und den Rücken bis zu meinem Po. Da ließ sie ihre Hand liegen. »Es ist ihr Leben, Josh.« Ich drehte mich um. Nebenan ging das Licht in einem der vorderen Zimmer an, Walter schob den Vorhang zur Seite und sah zu uns raus. Ich hob die Hand zum Gruß, so wie Rainer das früher gemacht hatte, und rief: »Alles im grünen Bereich!«

Dann ging ich hinter Swantje ins Haus rein, drehte den Schlüssel im Schloss zweimal rum und ließ ihn von innen stecken.

Fünfzehn

Am nächsten Abend war ich mit Pony verabredet. Sie wohnte mit einem 35-jährigen Philosophiestudenten zusammen, den sie im Sommer bei einer Studentenparty kennengelernt hatte. Wir wollten uns ein paar selbstgeschriebene Texte vorlesen. Oder uns einfach nur betrinken. Ich fror, mein Herz klopfte. Ich klingelte unten am Haus, und die Tür sprang auf. Mit meiner Gedichtesammlung, die ich in der elften Klasse während einer Studienfahrt in die DDR verfasst hatte, stieg ich bis unters Dach hinauf und da stand dieser schlaksige Typ mit den krausen Haaren und dem rosa Sweatshirt, dessen Ärmel viel zu kurz waren. Er grinste und ließ mich rein.

»Junge Leute sind mir immer herzlich willkommen.«

»Danke.«

Um sein Handgelenk hatte er eine Muschelkette gewickelt. Aus dem Augenwinkel sah ich, dass einer seiner Zehnägel schwarzlila eingefärbt war.

»Ist mir ein Regalbrett draufgefallen.«

Pony tauchte in einer Wolke aus rotem Haar aus der Dunkelheit des Flurs auf. Sie trug ein durchsichtiges Organzakleid in Dunkelblau mit weißen Blümchen drauf, darunter ein knappes Top und ihre abgewetzte 501. Ich sah den Schatten ihres Bauchnabels. Sie haute mich schon wieder so was von um. Dicht vor mir blieb sie stehen, stellte sich auf die Zehenspitzen und gab mir einen sanften Kuss auf die Wange.

»Schön, dass du da bist.«

Ihre Hände umfassten meine.

Ich sagte: »He, alles klar?«

Kurz legte ich ihr meine Hand auf den Rücken, fühlte den durchscheinenden Stoff unter meinen Fingerspitzen. Sie duftete nach Zimt. Überall war dieses Haar, zwischen ihrer Wange, meinen Lippen, sie schüttelte ihren Kopf zurück und lachte, und ich dachte nur: »Willst du bitte, bitte meine Frau werden?« Hinter uns stand noch immer ihr Mitbewohner. Er machte so ein schmatzendes Geräusch.

»Na, dann mal viel Spaß euch beiden jungen Leuten.«

Sie zog mich in ihr »Schreib«-Zimmer. Das zweigeteilte Fenster zeigte einen Ausschnitt des glühenden Abendhimmels mit hintereinandergelagerten Wolken. Sie machte eine knappe Kopfbewegung Richtung Tür.

»Helge ist Katholik.«

»Kein Problem«, sagte ich.

Außer einem Sofa, über das eine schwarzweiße afrikanische Webdecke gebreitet war, gab es nur noch einen Schreibtisch, auf dem eine elektrische Olivetti stand. Pony hatte offenbar schon was getrunken. Sie war auffallend anlehnungsbedürftig. Als wir auf ihrem Sofa saßen, drückte sie sich beim Reden auf dem afrikanischen Überwurf an mich, rieb ihre rosa Wange über mein T-Shirt und ließ ihre Hand meinen Oberschenkel hinaufgleiten.

»Wirklich schön, dass du da bist, Josh.«

Dann warf sie schon wieder den Kopf zurück, ihre roten Locken flogen und hinter uns an der Wand hing die gerahmte Aktzeichnung einer fülligen Frau mit gewaltigen Schenkeln. »Das ist ein Selbstporträt.« Möglicherweise war Ponys Selbstwahrnehmung etwas aus dem Gleichgewicht geraten. Sowieso hatte sie echte Schwierigkeiten, ihren Blick zu fokussieren. Mit den Fingerspitzen strich ich ihr über die sommersprossige Hand, den klobigen Siegelring. »Das ist unser Familienwappen.« Pony ließ ihren Kopf wieder nach vorne fallen. »Greif mal hinter dich.«

Ich tat es und bekam den Hals einer angebrochenen Apfelkornflasche zu fassen. Von irgendwoher zog Pony zwei Wassergläser hervor. Jetzt erst bemerkte ich, dass ihr Handgelenk mit einem Druckverband umwickelt war. Wir tranken nach und nach die Flasche aus.

»Was hast du denn da am Arm gemacht«, fragte ich.

Sie machte eine läppische Handbewegung.

»Ach, nichts. Ich hab mir nur die Pulsadern aufgeschnitten.«

»Nur?«

Pony richtete sich auf, streckte sich durch und sah mich an.

»Ja, weißt du, als Kind habe ich gelernt, immer zu lächeln, alles zu banalisieren, nicht meine wahren Gefühle zuzulassen, weil ich ständig die Stimmung zwischen meinen Eltern ausgleichen musste. Darum habe ich jetzt Schwierigkeiten, eine adäquate Empfindung in Bezug auf diese Handlung zu haben. Wenn du so willst, bin ich abgestumpft.«

»Du?«

Pony zuckte mit den Schultern.

»Jedenfalls sagt das meine Therapeutin. Sie sagt, ich soll lernen, die richtigen Gefühle zum richtigen Zeitpunkt zu haben. Sie meint, es ist nicht alles witzig.«

»Okay.«

Pony atmete tief ein und aus und lächelte schon wieder.

»Meine Therapeutin sagt, ich soll nicht immer lächeln, wenn ich traurig bin.«

»Bist du denn traurig?«

»Weiß ich nicht.«

Pony steckte sich eine Marlboro Lights an, und ich sagte: »Meine Mutter hat gestern auch versucht, sich umzubringen. Sie war etwas erfolgreicher als du.«

Pony blies den Rauch aus und rutschte nach vorne auf die Sofakante.

»Ist sie tot?«

Ich zündete mir auch eine Zigarette an.

»Nein, aber sie musste ins Krankenhaus.«

Pony nickte nachdenklich und fummelte sich ein Tabakkrümelchen von der Zunge. Dann hickste sie: »Trotzdem fand ich es gestern schön, dich zu küssen. Du nicht?«

Sie lächelte schief und hickste wieder. Ich hielt ihr meine hohle Hand hin, damit sie reinaschen konnte.

»Absolut.«

»Geht es dir sehr schlecht wegen deiner Mutter?«

Ich zuckte mit den Schultern und sah mich nach einem Gefäß um, in das ich Ponys Asche hätte füllen können.

»Na ja, weißt du, mein Leben lang versuche ich genau das zu machen, wovon dir deine Therapeutin abrät. Ich würde es gerne schaffen, meiner Mutter gegenüber keine Gefühle mehr zu hegen.«

Pony seufzte: »Ich denke immer, dass meine stirbt, wenn ich nicht freundlich zu ihr bin. Das ist echt belastend.«

Wieder aschte sie in meine Hand.

»Bist du deswegen magersüchtig?«, fragte ich.

»Wahrscheinlich … Ich habe das Gefühl, nicht frei zu sein. Ich glaube, das ist mein Problem, jetzt, wo du es sagst. Du bist ja ein richtiger Psychologe.«

»Scheint so.«

Nun ließ ich die Asche doch einfach hinter das Sofa rieseln, und Pony drückte ihren Zigarettenstummel in dem runtergebrannten Teelicht aus, das neben ihr auf dem Lautsprecher stand. Als wir langsam wieder nüchtern wurden, krabbelte Pony auf meinen Schoß und da blieb sie sitzen. Sie küsste mich. »Ich hoffe, du hast nichts dagegen, dass ich mit jedem Mann schlafe. Ich meine, ich will nicht treu sein. Okay? «

Sie fuhr mit ihrer Hand unter mein T-Shirt. »Dann muss ich mir nämlich auch nie Gedanken darüber machen, was mein Freund macht, weil wir ja in einer offenen Beziehung leben, in der alles erlaubt ist.«

Ich zündete mir eine neue Zigarette an und blies den Rauch Richtung Decke.

»Und was ist mit mir?«

Sie lächelte zwischen ihren Locken hindurch.

»In dich bin ich verliebt – trotzdem werde ich mich nicht an dich binden.«

Und als Nächstes philosophierte Pony ohne Punkt und Komma über die Gleichstellung der Frau. »Es ist wichtig, sich als Frau nicht minderwertig zu fühlen. Ich finde es total bescheuert, dass immer noch diese ganzen nervigen Emanzen behaupten, es müsse noch viel in puncto Gleichberechtigung getan werden. Also, ich fühle mich nicht unterdrückt und ich werde mich auch nicht unterdrücken lassen. Ich nehme mir, was ich will. Ich bin nicht so blöd wie meine Mutter und lasse mir alles bieten. Wenn einer kommt und mir sagen will, was ich zu tun oder zu lassen habe, dann kann er mich am Arsch lecken. Dennoch bin ich der Meinung, dass wir Frauen uns – trotz Emanzipation – um unsere Bildung, den Haushalt, die Kinderaufzucht, unser Aussehen, die gesellschaftlichen Verpflichtungen, unsere Kariere und die leiblichen Genüsse kümmern sollten. Nur so erfüllen wir wirklich unsere weibliche Bestimmung.«

Ich strich ihr über das Haar.

»Und was ist mit der Liebe?«

Pony zuckte mit den Achseln.

»Die existiert nur zwischen Mutter und Kind. Zwischen Mann und Frau gibt es nur Leidenschaft und Zerstörung. Oder aber die reine Liebe, die ausschließlich auf totale Distanz hin funktioniert. So wie bei Cyrano de Bergerac.«

Am nächsten Morgen, als ich noch gar nicht richtig wach war, saß Pony bereits im T-Shirt auf der wulstigen Sofalehne und rüttelte an meiner Schulter.

»Joshi, hast du eigentlich schon mal einen Aids-Test gemacht?«

Bevor ich überhaupt etwas sagen konnte, lief sie schon wieder auf ihren Giraffenbeinen unruhig hin und her und kratzte sich im Gesicht herum. Den Zustand kannte ich von meiner Mutter. Pony stand kurz vor dem Absprung in die Tiefe. Keine Ahnung, wie sich Frauen immer wieder in einen derart hysterischen Zustand hineinschaukeln konnten. Gerade war noch alles in Ordnung, im nächsten Augenblick hatten sie den Eindruck, vom Universum verschluckt zu werden. Das war doch nicht normal. Ich rieb mir die Augen. Mein Rücken tat weh, im Vollrausch hatten wir auf den Dielen übernachtet. Ich arbeitete mich etwas nach oben, sodass ich mich mit dem Rücken gegen das Sofa lehnen konnte. Ich griff nach der zerdrückten Marlboro Lights Schachtel, die neben mir auf dem Boden lag, und zündete mir die letzte Zigarette an.

»Was ist?«

Pony blieb am Fenster stehen, ihre Stimme zitterte.

»Ich meine, hast du schon mal einen Aids-Test gemacht?«

Sie lächelte unsicher und ich brauchte ein bisschen, um überhaupt zu begreifen, worum es hier gerade ging. In meinem Kopf rauschte es gewaltig, mein Mund war trocken, meine Augen drückten sich tief in ihre Höhlen. Tatsächlich fühlte ich mich nicht besonders. Kurz schloss ich die Lider, um mich zu sammeln. Und als ich sie wieder öffnete, kauerte Pony plötzlich unter ihrem Schreibtisch in der hintersten Ecke bei den Steckdosen und Verlängerungskabeln und umklammerte ihre nackten Unterschenkel.

»He, Schätzchen, was machst du da unten?«

»Ich habe Angst, dass ich mich bei dir mit HIV angesteckt habe.«

»Wir sind doch nicht in Afrika.«

Sie flüsterte: »Bestimmt hast du HIV.«

»Nein, habe ich nicht.«

»Woher willst du das wissen?«

Ich stopfte mir eins von ihren Sofakissen in den Nacken.

»Weil ich vor dir noch nie mit einer Frau geschlafen habe.«

Das beruhigte sie für einen Moment. »Das ist schon mal eine gute Nachricht.«

Ich nickte mit halb geschlossenen Lidern und ließ meinen Kopf nach hinten auf das Sitzpolster mit der verrutschten Afrika-Webdecke sinken. Sie räusperte sich.

»Hast du vielleicht mit einem Jungen geschlafen?«

Ich ließ meine Augen geschlossen und schüttelte nur ganz leicht meinen Kopf.

»Hattest du Bluttransfusionen?«

»Nein.«

»Aber vielleicht hat dich mal jemand gebissen oder du bist mit deiner Wunde an eine fremde Aids-Wunde gekommen.«

»Ich hatte noch nie eine Wunde.«

»Und was ist mit dieser riesigen Narbe auf deiner Wange?«

»Die habe ich mir beim Fechten zugezogen.«

»Aha. Siehst du! Und was ist, wenn an dem Fechtdings infiziertes Blut von wem anders geklebt hat?«

»Du meinst, am Säbel?«

»Ja, genau.«

»Da war kein Blut dran.«

»Hast du ihn dir vorher genau angesehen?«

Eine Stunde später ließ ich mir bei Ponys Hausarzt Blut abnehmen und machte meinen ersten HIV-Test. Pony war total hysterisch. »Lass mich – lass mich nicht allein! Ich sterbe, wenn du nicht bei mir bist. Ich versinke in der Dunkelheit. Ich bin ein verlorenes Mädchen. Ich will zurück in Mamas Arme.«

Bis zum Ende des Sommers schnitt sich Pony noch zwei Mal die Pulsadern auf. Und einmal mir. In ihrem Kleiderschrank unter einem Haufen geknäulter Spannbettlaken hatte sie ihre durchsichtige Plastikbox. Darin befanden sich ein Küchenmesser mit orangefarbenem Griff, Mullbinden und ein Fläschchen Desinfektionsspray. Sie saß nackt auf meinem Schoß und fragte: »Willst du auch?«

Ich küsste sie auf die Nasenspitze.

»Warum nicht?«

Pony sprühte mir das Desinfektionszeug aufs innere Handgelenk, und aus dem Zimmer ihres katholischen Mitbewohners brach eine Bombast-Art-Rock-Klang-Lawine durch die Wand. Marillions *Garden Party*. Ich sang leise mit: *Social climbers polish ladders*. Es wurde eiskalt auf meiner Haut. *Wayward sons again have fathers*. Pony setzte die Klinge an und hauchte im ultimativen Rausch der Destruktivität: »Ich begehre dich mehr als mein Leben.«

Was in ihrem Fall nicht viel bedeutete. Dann zog sie voll durch. Wir waren beide nackt und die Klinge glitt bis zum Knochen runter. Ich sah die Englein kreisen. Im Zentrum ihres Reigens erschien mir Bill und schnippte im Takt mit den Fingern. »Was zum Teufel machst du da?« Ich sang nun gleich etwas lauter mit: *Hello, Dad! Hello, Dad!* Dann flüsterte ich: »Und ich liebe dich.«

Das Blut schoss aus mir heraus, und ich sank zurück in die wulstige Sofalehne, immer tiefer hinein, wie in einen Berg geschlagener Sahne, über mir schlugen die weißen cremigen Wogen zusammen, flufften über mich, in meine Ohren hinein. *It's a slaughter, it's a slaughter.* Pony sprang hilflos um mich herum. »Ach du große Scheiße!«

Am Ende des Tunnels stand schon der goldene Chefengel im gleißenden Licht, daneben Fillmore-Bill. Sie lockten mich mit freundlichem Lächeln. »Komm! Komm!« Doch ich raffte mich auf und sang leise weiter: *I'm rucking. I'm fucking. So welcome. It's a party.* Und um nicht doch noch in den friedlichen Tunnel hineingesogen zu werden, schnappte ich nach Ponys Hand und zog daran. Sie versuchte verzweifelt, mich abzuwehren und sich mit den Füßen am Boden abzustemmen. »Wir müssen dich verarzten!«

Aber ich war stärker.

»Lass mich in deinen Armen sterben!«

Ein wenig später ließ ich sie aber doch wieder los. Ohne ein Wort stand sie von den Polstern auf. Im Gesicht, am Bauch, an den Oberschenkeln, auf der Brust, überall trocknete das Blut, wie roter, afrikanischer Lehm unter der brennenden Sonne des Schwarzen Kontinents. Ich atmete. Immer schwerfälliger. Immer langsamer. Immer ruhiger. Verschwommen sah ich, wie Pony hinüber zum Kleiderschrank glitt, das getrocknete Blut riss über ihrem Rücken auf. Sie kam ja wieder zu mir zurück. Ich lächelte matt. Vom Himmel fiel schon wieder ein Batzen geschlagener Sahne auf mich herunter. Die Bewegungen meiner Arme und Beine flossen schwerelos durch die weiche, luftige Masse. *It's a slaughter. I'm fucking. It's a party.* Meine Mutter auf dem Dach. Meine Mutter auf dem Teppich mit ihren Zimbeln. Meine Mutter beim Streicheln mit Ina. Ich auf der Schaukel. Ich auf dem Schoß meines Vaters. Ich auf den Schultern meines Vaters. Ich in den Armen meines Vaters. Ich! Erst als Pony ihren Gürtel kräftig um meinen Arm zuzog, glichen sich die Bewegungen dem Vergehen der Zeit mühsam wieder an. Nur der Atem kratzte noch rau an den Innenwänden der Lunge entlang. Und dann war es auch schon wieder Abend.

Sechzehn

Als ich am nächsten Tag von der Schule nach Hause kam, für ein paar Augenblicke war ich im Gemeinschaftskundeunterricht beim Themenkomplex Gewaltenteilung eingeschlafen, lag ein handgeschriebener Zettel vor der Gästetoilette auf dem Boden. Offenbar hatten sie meine Mutter vorzeitig aus dem Krankenhaus entlassen. Jetzt saß sie schon wieder in ihrer Zelle und erteilte Befehle. Ich hob den Zettel auf. Darauf stand: »Bitte anklopfen, wenn du da bist.« Ich sah zu Bill hinüber und fragte ihn im Stillen: »Hast du jemals wirklich geliebt.« Er zuckte – ganz wie es seine Art war – mit den Schultern und meinte: »Genieße es!« Ich seufzte erleichtert: »Danke, du bist der Vater, den ich nie hatte.«

Ich klopfte bei meiner Mutter an.

Sie fragte: »Wer ist da?«

Ich sagte: »Der Weihnachtsmann.«

»Gut. Ich muss mit dir sprechen.«

»Worüber?«

»Barrys Schlagzeuger hat gestern sein Schlagzeug verkauft und ist nach Mallorca abgedampft.«

»Cool.«

»Wir haben uns überlegt, du könntest einspringen.«

»Ich kann doch gar nicht Schlagzeug spielen.«

»Meinst du, irgendeiner von den Grateful-Dead-Trotteln hätte sein Instrument beherrscht? Es kommt auf die *Energy* an, alles klar?«

»Alles klar.«

»Im Übrigen habe ich Barry gesagt, dass du tolle Songtexte schreibst.«

»Ich habe noch nie Songtexte geschrieben.«

Die Tür ging einen Spaltbreit auf, meine Mutter blickte mich aus glasigen Augen an, ihre grauen Haare hingen fad nach unten:

»Klar, den mit dem Mädchen, das mir – also der Mutter – ausgerissene Krebsbeine schenkt.«

»Das war eine Novelle.«

»Tu mir den Gefallen. Mach mit!«

»Außerdem habe ich kein Schlagzeug.«

»Willem soll dir eins besorgen.«

Die Tür ging wieder zu und ich rief Willem an. Ich kam sofort zum Punkt: »Willem, meine Mutter will, dass du mir ein Schlagzeug besorgst.«

Am anderen Ende der Leitung war nur eine merkwürdige Frauenstimme zu hören.

»Hier ist kein Willem.«

»Okay, und wann kommt er wieder?«

»Gar nicht. Er ist vor einer halben Stunde verstorben.«

»Was? Wieso das denn? Hat er begleiteten Selbstmord begangen?«

»So könnte man das wohl nennen. Ja.«

Ich legte auf. Ich dachte, das sei verboten. Dieses komplexe Thema hatten wir erst kürzlich im Gemeinschaftskundeunterricht durchgekaut. Vielleicht hätte ich die merkwürdige Frauenstimme gleich noch mal anrufen sollen, um zu erfragen, wie genau sich Willems Abgang ereignet hatte. Womöglich hatte er mir einen Abschiedsbrief hinterlassen. Oder er hatte Zyankali geschluckt. Schließlich war ich sein Sohn. Möglicherweise wollte er sogar eingeäschert werden.

Bis jetzt hatte ich noch nie einen Toten gesehen, und ich nahm mir fest vor, Willem die letzte Ehre zu erweisen. Sobald er geduscht und aufgebahrt war. Die Frage war nur, wurde er vorher noch mal rasiert, gekämmt und angekleidet? Bestimmt wurde er mit seinen blauen Flusen im Bauchnabel ins Grab hinabgelassen. Bis dahin wollte ich meine Trauer aufschieben. Wie in einer Kugel aus Glas. Ganz langsam und ruhig wollte ich sie vor mir herschieben, damit sie nicht zerbrach.

Am Nachmittag ging ich zur Bandprobe und lernte auf ein paar ungehobelten Holzblöcken die wichtigsten Rhythmen zu schlagen. Also: den vierviertaltakt. Ganz stoisch. Außerdem hatte ich einige von meinen DDR-Gedichten plus einer Neuinterpretation des Brecht-Stückes Baal in Rainers alter Aktentasche mitgenommen. In meiner Version vergewaltigt der Baal-Darsteller auf bestialische Weise ein Mädchen aus dem Publikum, als es ihm zufällig am Tag nach der Premiere am Seeufer begegnet und sie ihn freundlich um ein Autogramm bittet. Weil er die Ballade der Evelyn Ruh derart sentimental vorgetragen und am Rand der Bühne vor lauter Rührung geweint hatte, glaubt das Mädchen fatalerweise, der Schauspieler sei anders als alle anderen Männer, vor denen ihre Mutter sie gewarnt hat. Sie haucht: »Irgendwie kommst du mir sehr sensibel vor.« Doch er ist einfach nur pervers. Zum Schluss der Neuinterpretation hin wird es ziemlich eklig und – zugegebenermaßen – relativ verwirrend, denn plötzlich tauchen noch ein paar Trolle und Elfen auf, die rund um die Vergewaltigungsszene in den Sträuchern und Blumen ihren Schabernack treiben. Sie flüstern und raunen: »Er ist ein Sozialdemokrat!«

»Ey, der Typ ist ja total asozial!«, war Barrys Kommentar.

Der stumme Bassist fragte: »Wie genau definierst du Sozialdemokrat?«

Ich zuckte mit den Schultern: »Na, einer, der vor lauter Verständnis und Reflektiererei sich selbst aus den Augen verliert. Er kann seine eigenen Grenzen nicht spüren, darum verschwimmt er mit der Außenwelt und fühlt sich zunehmend von ihr bedroht, weil er sich selbst in der totalen Selbstauflösung befindet. Das Außen kann alles mit ihm anstellen, da er mehr Verständnis für die anderen hat als für sich selbst. Die anderen agieren, er reagiert. Plötzlich verspürt er also eine schlimme Existenzangst und dreht durch. Er versucht den Schuldigen für seine Misere zu finden und – in diesem Fall – projiziert er die reaktionäre, manipulative Kraft auf das Ursprüngliche, das sich für ihn in dem jungfräulichen Mädchen manifestiert.«

Der stumme Bassist zupfte seine dickste Seite.

»Wow! Das ist ziemlich komplex!«

Auch Barry zog sich nachdenklich in die staubige Probenraumecke zurück und trank sein Bier. Und da Michael, der Sänger mit den langen Locken und der dunkelblauen Schuluniform, nicht vorhatte, in unserer Heimatsprache Deutsch zu singen, hockten wir uns nebeneinander aufs schwarze Ledersofa, rauchten getrocknete Bananenschalen, die er von zu Hause mitgebracht hatte, und übersetzten zu zweit meine DDR-Gedichte und die *Baal*-Interpretation ins Englische. Das ging ziemlich gut. Irgendwie hatten wir das gleiche rhythmische Sprachempfinden.

Anschließend übertrugen wir sogar noch einen Text ins Französische. Wir hielten es für einen echten Schocker, zwischendrin einen Song auf Französisch zu bringen.

Michael sprang vom Sofa auf, machte vor Begeisterung eine Runde Headbanging und kreischte: »Scheiße! Das ist echt Avantgarde!«

In dem Stück ging es um eine Kastanie:

Elle est si belle, brune, lisse, et ronde.

Elle se plie dans ma main et
elle se laisse caresser.
Je la regarde.
Elle est couchée dans ma main blanche et
elle a l'air vivant.

Als wir uns gegen Abend ans Proben machten, brüllte Michael das dreißig Zeilen umfassende Gedicht in sein Mikrofon, bis die Ader an seinem Hals zu platzen drohte. Er war ziemlich aus dem Häuschen. In seiner kurzen Schuluniform-Hose flippte er durch den Probenraum, schleuderte das Mikrofon am Kabel herum, sodass es Barry und mir um ein Haar an den Kopf knallte, stampfte in seinen schiefgelatschten Cowboystiefeln herum und brüllte immer lauter und drohender zu den Stakkatoklängen der Lead-Gitarre. JE LA REGARDE! Der Refrain gefiel ihm am besten. Um ihn richtig zum Ausdruck zu bringen, stellte er ein Bein hoch auf den Verstärker und schleuderte seine Haare im Kreis. Dazu ballte er die Faust und streckte sie gen Probenraumdecke.

Je fortifie la pression.
Je l'écrase avec ma main robuste.
Je ne peux pas finir.
Je détruis, dans ma main, une petite châtaigne.

Zu guter Letzt gab es für uns alle ein erstklassiges Feedback, das uns beinahe die Ohren absprengte. Barry hatte sich seine Gitarre inzwischen ins Genick gelegt und vollzog zu seinem dämonischen Mega-Schräbbeln ekstatische Bewegungen mit der Hüfte. Michael ließ sich in Trance auf die Knie fallen, kroch wie ein angeschossenes Reh um unsere Beine herum und vollführte am Ende eine Art Gottesanbetung, indem er seinen Oberkörper dreimal Richtung Mekka hob und senkte. Als er sich einigermaßen beruhigt hatte, stand er wieder auf, klopfte sich den Staub von der kurzen Hose und meinte: »Joshua, du bist ein Genie.«

Barry nickte, und der stumme Bassist sprach jetzt doch plötzlich: »Leute, worum geht's eigentlich in dem Stück?«

Ich wollte gerade ansetzen, ihm zu erklären, dass es sich darin um eine wunderschöne glatte Kastanie dreht, die von einer Menschenhand zerquetscht wird, und das Ganze eher als eine Art Metapher für die Unerträglichkeit des Perfekten zu verstehen war, da meinte Barry atemlos und mit Schweiß auf der Stirn: »Leute, die Session war echt intensiv. Ich schnall gleich ab. Ich brauch erst mal ein Bier, bevor ich inhaltlich ins Detail gehen kann. Kommt jemand mit?«

Wir kamen alle mit. Der Sauerstoff von der Straße tat uns jetzt gut. Im Licht der Spielplatzlaternen drehten wir uns ein paar Zigaretten, die Jungs warfen ihre langen Haare nach hinten und ich Rainers gelbe Seidenkrawatte, die ich im Keller aus einem muffig riechenden Altkleidersack gezogen hatte. Wir waren die Crew. Wir waren dabei, etwas völlig Neues zu erschaffen. Wir waren nah dran, die Wahrheit hinter all der menschlichen Beschränktheit zu erkennen. Wir hatten Kontakt zum Kosmos aufgenommen. Wir waren die Erleuchteten. Wir waren allmächtig. Ich schrie: »Leute! Ich find's richtig cool.«

Als wir zurück waren, dachten wir, es sei irgendwie doch ganz innovativ und heftig, wenigstens ein DDR-Gedicht auf Deutsch zu singen.

»Als Anti-Nazi-Schocker. Das kommt dann so ein bisschen funky-fascho-mäßig rüber. Auf jeden Fall total irritierend.«

Während sich die Jungs einstimmig für mein Gedicht-Epos »Laub im Puppenhaar« als deutschen Song entschieden, dachte ich an den toten Willem in seiner Superman-Unterhose und fragte mich, warum er so plötzlich den Weg alles Irdischen gegangen war. Vermutlich war sein inneres Licht erloschen. Barry und Michael klopften mir auf die Schulter und holten mich feierlich zurück in ihre Mitte: »Wir empfinden den Inhalt von ›Laub im Puppenhaar‹ als ziemlich kryptisch.«

Und schon war ich wieder voll da. Ich saß auf dem Hocker zwischen meinen geliebten Holzklötzen, die Trommelstöcke im Anschlag. Michael klammerte sich voller Verzweiflung am Mikrofonständer fest und kreischte mit Fistelstimme im Rhythmus meiner missglückten Holzklotz-Trommelwirbel ins Mikro:

Puppe, ich hab dich so lieb!
Puppe, rette dich!
Ich lass dich nie mehr allein!
Stürz in den Abgrund.
Puppe ist stumm und hört das Lachen.
Kein Puppenweg.
Puppe, gib mir deine Hand.
In Dresden steht eine Villa,
hinter Büschen und Bäumen, da oben bin ich.

Danach brach er endgültig zusammen. Und ich heulte vor Rührung. Michael schob sich auf dem Bauch über den staubigen Betonboden, um sich »zu erden«.

Nach der Session meinte Barry mit der Flasche Jim Beam in der zitternden Hand: »Jungs, ich hätte fast einen Orgasmus gehabt.«

Das fand ich auch. Und Michael sagte in meine Richtung: »Glaubst du, die Puppe bringt sich um? Also, steht sie für den Untergang der Unschuld?«

»Ich denke schon«, sagte ich.

Er zog an seinem Joint und sprach von »Erleuchtung« und »auf den Punkt gebracht«. Für ein paar Augenblicke gingen wir alle unseren Gedanken nach und fragten uns, wann wir eigentlich unsere Unschuld verloren hatten. Ich für meinen Teil konnte den Verlust ziemlich genau rückdatieren. Auf den Tag, an dem das

Selbstbefriedigungsseminar der Frauengruppe in unserer Küche stattgefunden hatte.

Nachdem die Jungs und ich noch die Setliste für das nahende Schulfest erstellt hatten, waberte ich in Gedanken vom toten Willem zur sex- und hygienesüchtigen Pony und zurück. Barry stieß mich mit seiner Stiefelspitze an. »He! Alles klar?«

Ich schielte ein bisschen vor mich hin, bis ich den Blick wieder klar halten konnte. »Was soll sein? Alles bestens.«

Wir tranken noch einige Biere, rauchten ein, zwei, drei Joints, bis wir matschig an den Boxen klebten und regelrecht abdrifteten.

In letzter Zeit litt ich unter Einfluss von Shit an krankhaften Fantasien. Irgendwie blitzte vor meinem inneren Auge immer ein blankes Schlachtermesser. Damit schlitzte ich nackte, vor Angst kreischende Frauen auf. Ich nickte vor mich hin und versuchte, mir einzureden, dass alles normal war. »Das ist ganz normal.« Als der schlimmste, quälendste Shit-Turn vorbei war und ich zumindest wieder sprechen konnte, fragte ich in die Runde: »Jungs, habt ihr eigentlich auch solche Abschlachtfantasien?«

Michael machte ein Peace-Zeichen in die Luft. »Nein. Du?«

»Hin und wieder.«

»Was denn für welche?«

»Dass ich Frauen aufschlitze oder zersäge.«

Der stumme Bassist hatte schon wieder eine Meinung: »Scheiße, lass dich mal psychologisch durchchecken.«

Ich nickte und sagte dann: »Okay, Barry. Willem ist tot.«

Mit halb geschlossenen Lidern richtete Barry sich im Ledersofa auf. Dabei schwappte Jim Beam aus der schief gehaltenen Flasche über seine schwarze Lederhose und tropfte runter in die Stiefel.

»Hast du ihn umgebracht?«

»Bist du bescheuert?!«

Barry sackte wieder zurück.

»Wer dann?«

Ich saß im Schneidersitz auf dem Boden und schlug ein paar Mal auf meine Holzklötze ein.

»Keine Ahnung.«

Nun schloss Barry seine Augen ganz und legte den Kopf in den Nacken. Das kleine Silberkreuz in der Kuhle unterhalb seines Kehlkopfes blinkte matt auf.

»Weiß Renate davon?«

»Ich denke nicht.«

Michael schaltete sich ein: »Und was ist mit dem versprochenen Schlagzeug?«

Barry beruhigte ihn. »Das kriegen wir schon hin.«

Dann kam er mit dem Kopf wieder hoch und sah mich mit seinem neuen Priesterblick autoritär an. Mit diesem Blick von unten nach oben, wobei seine Unterlippe leicht herunterhing. Als hätte er die Macht. Als könnte er in mich hineinsehen und die Wahrheit finden. Seit Neuestem hatte er für sich beschlossen, nach dem Abitur als »autodidaktischer Theologe« eine christliche Freikirche zu gründen. Meine Mutter fand die Idee super. Sie meinte: »Scheiße, Barry. Du bist der geborene Guru.« Seine Haare fielen um sein weiches Gesicht herum und irgendwann, als ich schon dachte, er sei womöglich in Zeit und Raum verlorengegangen, sagte er: »So schnell kann's also gehen.«

Die anderen und ich fanden das auch, und wir machten uns ein paar wertvolle Gedanken über das Leben und wie schnell es vorüber ist.

»Am besten, du zündest deine Kerze gleich an beiden Enden an«, meinte Michael.

Wir nickten: »Auf jeden Fall. Da hast du definitiv mehr davon.«

Dann warf Barry seine langen Haare nach hinten, zurrte seine Gürtelschnalle fest und legte die Hände wie der betende Jesus Christus aneinander: »Jungs, lasst uns beten.«

Siebzehn

Nachdem ich mich bei Pony eine Woche lang nicht gemeldet hatte, traf ich sie im Park. Sie saß vor einem buschigen Knallerbsenstrauch auf einer Bank und sah ziemlich verheult aus. Ihre Lider waren geschwollen, aber ihre grünen Augen strahlten. Als sie mich sah, sprang sie sofort auf und lachte. »Hi!« Sie drückte sich fest an mich, duftete leicht nach Zimt und flüsterte in meinen Mantelkragen: »Wundere dich nicht, ich hatte gerade einen Nervenzusammenbruch.«

Zur Feier des Tages hatte sie sich in einen eng anliegenden, pinkfarbenen Satin-Overall gequetscht, der schon ihrer Tante gehört hatte. Sie hakte sich bei mir unter und lächelte tapfer. »Der wirkt stimmungsaufhellend.«

Es war ein goldener Herbsttag, wir schlenderten an der Apfelbaumwiese entlang, in den rotorange eingefärbten Wald hinein. Die Blättchen flimmerten über uns in der warmen Sonne des Nachmittags, und Ponys rotes Haar in Verbindung mit dem engen Satinanzug flashte schon recht ordentlich. Und wie ich uns beide so im Reigen der hohen Bäume betrachtete, vom flirrenden Schattenspiel umflort, meinte ich intuitiv: »Wir sollten heiraten.«

Pony blieb stehen und ihre Augen leuchteten noch ein bisschen mehr.

»Was?«, hauchte sie.

Das Ganze kam mir plötzlich doch ein wenig übertrieben vor. Darum zog ich sie schnell weiter, wir liefen den Abhang hinunter

Richtung Fluss, und ich sagte mit einer wegwerfenden Handbewegung: »War nur Spaß.«

Sie lachte und schüttelte ihre Locken. »Ich habe schon einen Schreck bekommen. Du weißt ja, dass ich mich unmöglich fest binden kann, und wenn ich es doch tun sollte, wäre ich diejenige, die den Mann fragt, ob er bereit ist, mich zu meinen Bedingungen zu heiraten.«

Über uns hämmerte ein Specht seinen Schnabel in die Baumrinde. Weiter vorne flatterte etwas aus dem morschen Unterholz empor, unter unseren Füßen brach ein Ast. Das Laub raschelte, als wir an den hochgeschossenen Brennnesselstauden vorbeistreiften, die herunterhängenden Äste peitschten uns in die Gesichter. Pony duckte sich, ich hielt meine Hand schützend über sie. »Was wären das für Bedingungen?«

Jetzt richtete sie sich wieder auf und blieb mit ihren roten Locken in ein paar trockenen Zweigen hängen. Ich half ihr, sich zu befreien. Dabei musste vorsichtig vorgegangen werden. Nie sollte sie Schmerzen erleiden. Meine kleine, geliebte Pony. Mit beiden Händen hielt sie ihre Haarmasse am Kopf zusammen, damit es nicht so ziepte. Sie schrie kurz auf. »Entschuldige!« Dann endlich vertraute sie mir, dass ich es geschickt hinbekommen würde. Sie entspannte sich und atmete tief ein und aus.

»Ja, also, ich würde zum Beispiel immer wissen wollen, wann du nach der Arbeit nach Hause kommst.«

Ich hatte wenig Hoffnung, was ihr Haar im Geäst anbelangte. Ich gab mir alle Mühe, souverän zu klingen.

»Warum das denn?«

»Damit ich nicht auf dich warten muss. Meine Mutter musste immer auf meinen Vater warten. Und dann musste ich ihn auf der Arbeit anrufen und fragen, wann er kommt, weil er es nicht leiden konnte, wenn ihn meine Mutter angerufen hat. Er meinte, das setzt ihn unter Druck. Dabei hat er uns unter Druck gesetzt, weil wir nie wussten, wann er kommt, aber ohne ihn nicht mit dem Essen anfangen sollten.«

»Aha. Okay.«

Vorsichtig brach ich die feinen Äste, um sie aus Ponys krausem Haar zu ziehen. Sie ging etwas in die Knie und drückte dabei ihre Hände auf das Haar. Ihre Stimme klang etwas gepresst.

»Dann fände ich es schön, wenn wir an den Wochenenden gemeinsam etwas Schönes unternehmen würden. Also, irgendwas in der Natur. Oder Klöster angucken. Oder ins Museum gehen.«

»Und noch was?«

»Ich würde dich gerne fragen dürfen, wo du bist, wenn du nicht da bist. Dafür würde ich als Gegenleistung das Frühstück, das Mittag- und das Abendessen zubereiten. Ich würde die gesamte Hausarbeit und die Kindererziehung übernehmen. Ich würde mich an den monatlichen Unkosten beteiligen, da ich ja auch arbeiten gehen würde, und ich würde immer freundlich und fürsorglich sein. Ich würde dafür sorgen, dass immer aufgeräumt ist, immer genügend Essen vorhanden ist, und an den Wochenenden und zu den Feiertagen besonders köstliche Gerichte kochen und das Haus dementsprechend dekorieren. Überhaupt würde ich das Haus sehr schön einrichten und wann immer deine Freunde oder deine Mutter zu Besuch kämen, würde ich sie herzlich willkommen heißen. Ich würde einen Kuchen backen und mich gerne um alle persönlichen Belange kümmern. Ganz ehrlich, lieber Josh, um es auf den Punkt zu bringen, alles, was ich von dir verlangen würde, wäre, dass du mir mit Anstand und Würde begegnest und dich mir gegenüber so verhältst, als sei ich ein gleichwertiges Wesen. Du solltest mich nicht anschreien oder beleidigen, wenn ich eine Anmerkung, eine Frage oder eine Bitte an dich richte. Du solltest mich nicht unterbrechen, sondern mir zuhören, wenn ich traurig bin und dich bitte, gemeinsam an unserer Beziehung zu arbeiten. Du solltest mich nicht als hysterisch oder dumm bezeichnen und sagen, dass ich lächerlich bin. Du solltest mich nicht schlagen oder mich verbal erniedrigen. Du solltest dankbar sein, dass du mich hast. Du solltest nie behaupten, dass ich albern bin und ohne dich nichts wäre. Du solltest nicht sagen, dass ich ängstlich und neurotisch bin. Denn das bin ich nicht. Ich bin eine Frau. Ich werde eine Mutter sein und ich werde mir Sorgen machen. Und ich möchte, dass du dir mit mir die Sorgen teilst. Ich wünsche mir, dass du mich liebst. Von ganzem Herzen. Und ich wünsche mir, dass du zärtlich bist und weinen kannst. Damit ich dich nicht quälen muss.«

Ich griff fest nach Ponys Sommersprossenhand und tat alles dafür, dass wir den Moment genießen konnten. Inzwischen hatte ich es tatsächlich und wider Erwarten geschafft, ihr Haar aus den Ästen zu entwirren. Dafür gab sie mir einen lächelnden Kuss auf die Lippen. Über ihre Wangen liefen Tränen, und ich schwor mir, niemals diese Ansprache zu vergessen. Pony verlangte nicht mehr von mir, als mich wie ein Mensch zu verhalten.

Als wir den Trampelpfad hinuntergingen, erzählte ich ihr, dass Swantje inzwischen mit einem Mädchen zusammen war und nur noch selten nach Hause kam. »Sie wollen sich eine gemeinsame Wohnung suchen und Kunstperformances veranstalten, bei denen sie postfeministisches Gedankengut mathematisch auswerten.«

Pony nickte. »Ich habe es schon immer geahnt.« Dann schwiegen wir eine Zeit lang.

Wir balancierten am Flussufer entlang. Es fiel steil und immer wieder standen schwarz glänzende Felsbrocken aus der modriglehmigen Wasseroberfläche heraus. Um sie herum legte sich das Wasser in heftige Strudel und warf Schaumkrönchen auf. Die Erde unter unseren Füßen war weich, und ich erinnerte mich zurück an den letzten Sommer, in dem Swantje und ich eng umschlungen über die Lichtung gekullert waren. Und ein beklemmender Schmerz kroch durch mich hindurch. Hinter mir hörte ich Pony atmen. Sie stolperte über eine Wurzel und in meinen Rücken hinein. Ich drehte mich um und fing sie auf. Als ich ihr Gesicht sah, dieses Gesicht mit all den Sommersprossen, diesem feinen Lächeln, ihre rosa Lippen, ihre geraden Zähne, darüber ihre feucht glänzenden grünen Augen, erkannte ich in ihr mein neues Zuhause. Ich legte meinen Arm um sie und zog sie eng zu mir heran. Ihre Glasperlenkette klackerte über meine Hemdknöpfe. Ich summte leise eine kleine Melodie, zur süßen Erinnerung an unsere erste romantische Begegnung auf Pearls Teppich. Ich legte meine Arme um ihren Hals, meine Lippen strichen über ihre Wange, hin zu ihrem Ohr, verborgen unter all den Haaren. Und ich atmete aus und flüsterte: »Pony. Ich liebe dich.«

Achtzehn

Als ich nach Hause kam, hockte eine mir unbekannte Person auf dem Stuhl vor der Toilettentür und rauchte Kette. Sie hatte eine schlecht sitzende Langhaarperücke auf dem Kopf, dazu trug sie ein wallendes Sommerkleid mit Mohnblumendekor und qualmte vor sich hin. Erst als ich näher rankam, erkannte ich, wer es war. Das Herz ging mir auf.

»Willem, du lebst?«

Entrüstet schüttelte er mich ab. »Ich weiß nicht, wovon Sie sprechen.«

Verschreckt zog ich mich ein paar Schritte zurück und warf einen fragenden Blick rüber zu Bill. Mit dem Mund formte ich tonlos die Worte: »Das ist doch Willem, oder nicht?« Heute sparte er sich das Schulterzucken. Dafür gab er mir ein geheimes Zeichen, dass ich näher zu ihm herankommen sollte. »Ja, er ist es. Kümmere dich nicht um ihn.« Dann machte Bill mit dem Kopf eine unauffällige Bewegung Richtung Barry, der in der Küche mit gelben Gummihandschuhen Staub wedelte.

»Mich interessiert viel eher, was mit dem eigentlich los ist?« Ich wusste es auch nicht. »Ich glaube, er empfindet sich als Hausfrau.« Die Kissen lagen ordentlich auf dem Sofa, das Geschirr stand frisch abgewaschen im Schrank. Kürzlich hatte er einen sensationellen Braten mit sahnigem Kartoffelgratin gereicht. »Sieht so der identitätslose moderne Mann aus?«, fragte Bill. Ich überlegte. Zum Essen verschwand Barry meistens bei meiner Mutter in der Gästetoilette, oder aber er blieb draußen auf dem Stuhl sitzen und unterhielt sich mit ihr durch den Türspalt. »Ich glaube, er hat einfach nur seine weibliche Seite mit der männlichen in Einklang gebracht. Wenn du mich fragst: Ich find's irgendwie visionär.«

Bill zog die Augenbrauen hoch, zweifelte einen Moment lang und meinte schließlich: »Solange er es freiwillig tut.«

Ich sagte: »Vor so einer Leistung ziehe ich wirklich den Hut. Du musst mal überlegen, was diese ganze weibliche Identitätssucherei für einen Flurschaden auf der Welt angerichtet hat. Da grenzt es an ein Wunder, dass dabei ein ganzheitlich denkender Mann herausgekommen ist.«

Bill hüstelte. »Wie auch immer. Vermutlich ist das am Ende die Konsequenz des Geschlechterkampfs. Im Gegensatz zu ihm bin ich ja – Hand aufs Herz – absolut unvollkommen.«

Ich schüttelte den Kopf. »So weit würde ich dann doch nicht gehen wollen.«

Obwohl Bill vermutlich recht hatte. Um ihm ein gutes Gefühl zu geben, meinte ich noch: »Na ja, du musst das so sehen: Ohne solche Männer wie dich hätten die Frauen keinen Grund gehabt, auf die Barrikaden zu gehen und sich gegen die Alleinherrschaft der Männer zur Wehr zu setzen.«

Anstatt getröstet zu sein, war Bill plötzlich ziemlich entrüstet: »Moment mal! Also ich lass mir ja viel nachsagen, aber ein Patriarchentyp war ich nie.«

Ich zog die Augenbrauen hoch. »Was dann?« Willem rutschte unruhig auf dem Stuhl vor der Gästetoilette herum und stöhnte laut auf: »Renate, ich brauch seelischen Beistand.«

»Hilf dir selber«, rief meine Mutter hinter der Tür.

»Wenn ich es könnte, würde ich es ja tun.«

»Du hast dir noch nie selber geholfen.«

»Dafür habe ich euch letzten Freitag umsonst ein astreines Schlagzeug vom Laster geworfen.«

Die Stimme meiner Mutter klang relativ schrill.

»Entschuldige bitte! Ich habe deinen Sohn alleine aufgezogen, ohne von dir jemals finanzielle Unterstützung bekommen zu haben. Ganz davon zu schweigen, dass ich deinetwegen keine Karriere als Fotografin machen konnte. Das wäre ja alles noch okay gewesen, wenn wenigstens etwas aus dir geworden wäre. Face it! Du bist der totale Loser!«

Willem näselte: »Ja, weil ich transsexuell bin.«

»Schwachsinn!«

In seinem Mohnblumenkleid arbeitete sich Willem nun vor bis zur Stuhlkante und brüllte mit hochrotem Kopf: »Natürlich bin ich transsexuell! Seit meiner frühesten Jugend bin ich transsexuell. Ich konnte es mir nur nicht eingestehen. Doch jetzt endlich bin ich bereit, mich als Frau anzunehmen.«

»Du hast doch den Arsch offen!«

»Renate, ich verstehe, dass du wütend bist, weil du gerade dabei bist, zu erkennen, dass wir beide, du und ich, in derselben Bredouille stecken. Wir beide sind gefangen. Du in der Gästetoilette, ich in meinem männlichen Körper. Und wir beide wissen, dass es Zeit wird, unserem Kerker zu entfliehen. Nur wissen wir noch nicht, wie.«

Meine Mutter stieß die Tür auf, sodass sie gegen die Wand schlug und zwei weitere Bilder zu Bruch gingen. Bill blieb glücklicherweise hängen. Jetzt zuckte er wieder fatalistisch mit den Schultern. »Ich hätte es verdient. Immerhin habe ich sie mit zwei Frauen gleichzeitig betrogen.« Mit Wucht stemmte meine Mutter ihre Fäuste in die klapprigen Seiten. Heute trug sie ein *Iron-Maiden*-T-Shirt mit phosphorisierendem Totenschädel. »Offenbar versuchst du, dir die aufkeimende weibliche Macht zu sichern, was?

Du planst wohl so eine Art trojanisches Pferd zu werden, was? Der Mann im Körper einer Frau! Willem! Ich durchschaue dich!«

»Tust du gar nicht.«

»Was sollte überhaupt diese Sache mit dem Konzeptroman über mich? Von wegen: ›Bonnie tanzte zu tantrischen Klängen und bot ihre Fotze feil.‹? Das habe ich nie gemacht!«

»Woher weißt du davon?«

»Ich habe meine Informanten.«

Willem riss seine Augen mit den hellen Wimpern auf.

»Machst du jetzt einen auf George Orwell, oder was?«

Meine Mutter zog sich wieder neben das kleine Waschbecken in ihrer Gästetoilette zurück.

»Ich warne dich, Willem! Ich warne dich! Ein geschriebener Satz über mich, und du bist ein toter Mann.«

»Das versuche ich dir ja die ganze Zeit zu erklären! Ich bin schon tot! Schnall es endlich!«

Als sich die Diskussion im Kreis zu drehen begann, wendete ich mich zu Barry um, der gerade liebevoll den Küchentisch zur Kaffeestunde deckte. Er hatte sich eine kleine geblümte Schürze umgebunden. An seinen Fingern steckten die dicken Totenkopfringe und auf seinem Oberarm hatte er unterhalb des grünen Fabelwesens eine neue Tätowierung. Das fotorealistische Gesicht meiner Mutter mit Zahnlücke.

»Schick«, sagte ich.

Barry lächelte verwegen.

»Danke. Hat sie dir schon gesagt, dass wir heiraten werden?«

»Wer? Meine Mutter und du?«

»Jep. Der Pfarrer kommt am Donnerstag und dann ziehen wir die Zeremonie in der Toilette durch. Ich dachte, du und die Jungs, ihr könntet zur Feier des Tages *Laub im Puppenhaar* spielen.«

»Klar.«

Ich nickte vor mich hin, geblendet von Willems goldblonder Perücke.

Dann blinzelte ich zu Bill rüber, der mich mit einem Mal geschockt anstarrte. »Was muss ich da hören? Bonnie will den ganzheitlichen Mann heiraten?«

Nun war ich es, der mit den Schultern zuckte. »Was willst du machen? Wir leben in einer verrückten Welt.«

Er seufzte: »Ich hätte sie niemals verlassen dürfen. Bonnie war die Frau meines Lebens. Ich habe es einfach zu spät erkannt.«

Ich seufzte nun auch: »Wahrscheinlich hast du sie mit deinem Machogehabe zerstört.«

Bill schüttelte verärgert den Kopf: »Blödsinn. Ich habe sie ja nie öffentlich betrogen. Eher habe ich sie durch Ignoranz und Egoismus gestraft und erniedrigt.« Ich machte ein beschwichtigendes Zeichen mit der Hand: »War nur ein Scherz. Was mir wirklich gut an dir gefällt, Bill, ist, dass du dich selbst nicht schonst. Du hast einen klaren Blick auf dich. Das zeugt von großer Reife.«

Die Klotür krachte wieder ins Schloss. »Arschloch!«

Ich legte Willem die Hand auf die Schulter.

»Bist du jetzt bereit, mit mir zu reden?«

Er blinzelte wie ein verschrecktes Schoßhündchen zu mir hoch – er sah richtig mitgenommen aus. Seine Augen waren blutunterlaufen, und aus seiner Nase lief glasiger Schnodder. Er hob nur müde die wurstige Hand. »Stets zu Diensten. Tag und Nacht.«

»Geht's dir nicht gut?«

»Wo soll ich anfangen? Hast du ein paar Minuten?«

»Klar.«

Willem zupfte sein Dekolleté zurecht. Im Hintergrund brühte Barry den Kaffee auf. Anschließend schlug er die Sahne mit dem Handrührgerät steif.

»Renate macht mir Vorwürfe, dass sie wegen mir keine berühmte Fotografin geworden ist.«

Ich nickte. Das wussten wir ja nun schon. »Aha. Und sonst?«

Meine Mutter rief von der anderen Seite durch das Schlüsselloch: »Dir ist das wohl total egal, was, Joshua?«

Ich bemühte mich, freundlich zu bleiben.

»Was heißt egal? Du hättest ja trotzdem arbeiten gehen können.«

»Ach ja? Wie das denn bitte?«

»Du hättest mich ja mitnehmen können.«

»Schätzchen, ohne dir zu nahe treten zu wollen: Mütter, die ihre Kinder mit zur Arbeit bringen, werden kein zweites Mal gefragt. Alles klar? Außerdem habe ich dich gestillt, bis du neun warst. Du warst so verrückt nach meinen Titten, dass du durchgedreht wärst, hätte ich dich mal kurz abgedockt.«

Die Sache mit dem ewigen Stillen hatte ich total verdrängt. Augenblicklich hatte ich wieder diesen süßlichen Milchgeschmack im Mund. Mir schien es plötzlich noch gar nicht so lange her, dass sie mich gestillt hatte. Meine kleine Hand auf ihrer warmen Haut! Ihre glitzernde Glasperlenkette. Ihre sanfte Stimme. Ihr herunterhängendes Haar, durch das die Sonne fiel. Willem richtete sich auf seinem Stuhl auf und Barry hielt beim Serviettenfalten inne. »Du hast bis du neun warst an der Brust meiner zukünftigen Frau gehangen? Ich flipp ab!«

Willem fuhr herum, sodass seine Plastikhaare flogen.

»Was heißt hier ›zukünftige Frau‹?«

Barry machte sich wieder ans komplizierte Serviettenfalten.

»Renate und ich heiraten.«

Willem stierte traurig vor sich hin.

»Das bricht mir das Herz. Ich dachte, Renate und ich finden eines Tages wieder zusammen. Ich meine, Renate hat mir den Verstand rausgevögelt, wenn du verstehst, was ich meine. Und jetzt kommst du daher, mit deiner Hausfrauenschürze, und sagst, du willst meine große Liebe heiraten. Ich fasse es nicht.«

Bill verschränkte auf seinem Bild die Arme vor der Brust. »Diesen Willem hat sie doch nie geliebt.«

Meine Mutter rief aus der Toilette: »Ich denke, du bist transsexuell und liebst jetzt Männer.«

Willem hob seine kurzen Arme. »Kacke! Na und? Die Geschlechtsidentität ist eine rein psychische Identität. Zufällig variiert meine sehr stark.«

»Dann überleg dir das lieber noch mal mit der geplanten Geschlechtsumwandlung.«

»Das heißt GESCHLECHTSANGLEICHUNG!«

Jetzt blieb mir der Mund offen stehen. Ich kam näher an Willem ran. »Du willst dir Brüste wachsen lassen?«

»Unter anderem.«

»Was denn noch?«

Elegant schlug er sein Bein über und wippte adrett mit dem Fuß, der in einer Art ausgelatschter Sandalette steckte. Ich ließ meinen Rucksack fallen und zog meine Jacke aus. Mir war plötzlich sehr heiß.

Er strich sein Omakleid über dem Knie glatt und gab sich geheimnisvoll. »Wenn du es unbedingt wissen willst: Ich beantrage die Änderung meines Vornamens.«

»Wie willst du dich dann zukünftig nennen?«

»Wilma. Wie die Frau von Fred Feuerstein. Na ja, und dann nehme ich natürlich Hormone, damit sich mein Körperfett von der Taille auf die Hüften und den Brustbereich verlagert. Dann lasse ich mir meinen Bart epilieren, ich habe ja zum Glück nicht so viel Wuchs, und zum guten Schluss lasse ich mir mein Geschlecht angleichen. Es ist ja tatsächlich so, dass du mit so einer künstlichen Vagina ganz normalen Verkehr haben kannst, wenn du verstehst, was ich meine.«

Ich nickte abwesend. »Hast du zufällig ein paar Trips dabei?«

Willems Stimme wurde augenblicklich tiefer. »Nur Koks.«

Ich fing an zu zappeln. »Kann ich was davon?«

»Später. Erst will ich Kuchen essen. Der junge Hausfrauen-Typ da, der meine Bonnie heiraten will, hat dahinten schon die Kaffeetafel aufgebaut.«

Meine Mutter brüllte: »Willem, ich ziehe dir die Haut ab, wenn du meinem Sohn Drogen gibst!«

»Würdest du bitte so freundlich sein, mich ab heute Wilma zu nennen?«

Willem zwirbelte sich feminin das glänzende Haar über die linke Schulter und klimperte mit den Augenlidern, an denen er schief und krumm ein paar buschige Kunstwimpern befestigt hatte. Beim Kaffeetrinken legte er Barry immer wieder die Hand auf den Oberschenkel und fistelte mit höhergepitchter Stimme: »Ah, du bist ja ein richtiger Mann!«

Barry blieb cool. Barry blieb immer cool. Er goss meinem Vater im Mohnblumenkleid Kaffee ein und schrieb ihm am Ende das Kuchenrezept aus dem Backbuch ab. Als er den Stift beiseite legte, sagte er nur: »Willem, du tust gut daran, erst gar nicht den Weg der Homosexualität einzuschlagen. Gleiche zuerst dein Geschlecht an, dann gib dich dem Beischlaf als Jungfrau hin. Du kannst es dir aber auch noch überlegen und zu mir in die Sprechstunde kommen.«

Mir fiel ein großes Stück Kuchen von der Gabel. »Was denn für eine Sprechstunde?«

»Ich berate Mitmenschen, die glauben, homoerotische Neigungen zu haben, und sich wünschen, von ihnen befreit zu werden.«

»Aha.«

»Sobald ich erst einmal Prediger meiner eigenen Freikirche bin, werde ich sogar Homosexuellen anbieten können, sich einem von mir geleiteten Exorzismus zu unterziehen.«

Willem streckte sich und schlug dann ziemlich männlich mit der Hand auf den Tisch, sodass die Teller in der Luft tanzten und die Gabeln schepperten.

»Das ist doch die totale Kacke, die du da erzählst.«

Barry sagte mit gütigem Lächeln: »In der Bibel finden sich reichlich Stellen, die belegen, dass Gott kein Freund der Homosexuellen ist. Im Gegenteil. Homosexualität ist eine psychologische Fehlentwicklung, die geheilt werden muss.«

Ich räusperte mich. Willem rutschte mit ziemlich rotem Gesicht auf dem Stuhl hin und her. Auf seiner Stirn standen Schweißperlen, die sich einen glänzenden Weg über seine rot geschminkten Wangen bahnten.

»Kacke! Hat dir jemand ins Hirn geschissen?«

Barry hob wie der barmherzige Samariter die Hände. Über seinem Kopf meinte ich einen erstklassigen Heiligenschein auszumachen. Seine Stimme war sanft. »Du musst nicht gleich so aggressiv werden. Ich formuliere nur, dass die Homosexualität auf eine frühkindliche Verwundung der Seele zurückzuführen ist, also auch geheilt werden kann.«

Willem stand mit Schwung auf und stampfte unruhig herum, wobei ihm die Sandaletten von den breiten Füßen flogen.

»Kacke! Ich halt's nicht aus.«

In der Funktion des Vermittlers fragte ich: »Barry, nach deiner Theorie müsste meine Mutter ja dann eigentlich lesbisch sein.«

»Welche? Renate oder Wilma?«

»Lenk nicht ab! Du weißt genau, wen ich meine. Also: Warum ist sie es nicht?«

Er pickte mit dem Zeigefinger konzentriert ein paar Kuchenkrümel auf. Dabei vermied er es, mich anzusehen. Er räusperte sich. »Was genau meinst du?«

»Na ja, Renate behauptet doch auch ständig, dass ihre frühkindlichen Gefühle vergewaltigt worden seien. Deiner Ansicht nach müsste sie dann auch homoerotische Neigungen haben. Und soviel ich weiß, bist du keine Frau.«

Willem nickte zustimmend.

»Ja, ganz richtig! Warum ist sie es nicht?«

Mein erleuchteter Bandkollege Barry stellte ruhig die Teller zusammen und tat ganz souverän: »Friede sei mit euch.«

Dann schlug er mit zwei Handbewegungen ein Kruzifix in die Luft und teilte an Willem und mich jeweils ein Pappkärtchen aus, auf dem ein huldvoll dreinblickender Typ in Kutte und Heiligenschein abgebildet war. »Ist das deine Autogrammkarte?«, fragte ich.

Barry lächelte milde. »Aber nein. Das ist der heilige Judas. Der Schutzpatron der hoffnungslosen Fälle.«

Später saßen Willem und ich auf Bettinas beziehungsweise Swantjes ehemaligem Bett und rauchten angespannt ein paar Zigaretten runter. Willem war richtig schlecht gelaunt. Er schleuderte seine ausgelatschten Sandaletten gegen meine hohen Bücherstapel und murmelte schwer entrüstet: »Der heilige Judas. Der Schutzpatron der hoffnungslosen Fälle. Ich glaube, es harkt!«

Ich zog meine mit Klebeband umwickelten Chucks aus. »Ich weiß auch nicht, was mit Barry los ist. Heute Morgen war er noch der visionärste Typ überhaupt.«

»Dieses Würstchen ist doch noch grün hinter den Ohren. Um von seinen eigenen Unzulänglichkeiten abzulenken, hält er uns zum Narren. Dieser Schleimscheißer ist total manipulativ! Typisch Halbwaise! Ich meine, ich war im Untergrund und habe Straßensperren errichtet! Alles klar?!«

»Klar.«

»Diese Hirnfürze verwachsen sich – hoffentlich.«

Ich überlegte. »Vielleicht meint er das alles auch nur ›theoretisch‹. Als so eine Art philosophisches Gedankenspiel.«

Willem hatte wegen akuter Hitzewallungen seine Perücke beiseite gelegt und zerkloppte einen ordentlichen Koksbrocken auf dem Handspiegel meiner Mutter, den ich ihm vorsorglich aus dem Badezimmer geholt hatte, sodass er uns einige dicke Lines legen konnte. Um ein bisschen für Entspannung zu sorgen, fragte ich: »Und? Hast du als Kind auch schon Frauenkleider getragen?«

»Bestimmt. Ich kann mich nur nicht mehr daran erinnern.«

»Was? Wieso nicht? Jeder kann sich an seine Kindheit erinnern.«

»Möglicherweise war meine zu traumatisch.«

Oben, auf meinem Kleiderschrank sitzend, erschien mir Bill als lebensgroßes Hologramm. Er hatte wieder seinen Hut vom Kopf genommen und sah für seine Verhältnisse relativ aufgebracht aus: »Traumatisch? Willem weiß ja nicht, wovon er redet. Wenn jemand eine wirklich traumatische Kindheit hatte, dann ich.« Ich nickte. »Na ja, oder ich.« Sicher, ich war nicht in ein Waisenhaus gekommen, ich hatte auch nicht durch die Scheiß-Nazis meine Mutter und meine Schwestern verloren, ich war auch nicht zu Fuß von Berlin nach Madrid gelaufen, um mein Leben zu retten. Dennoch war ich zerstört. Die Frage, die sich mir also stellte, war: »Gibt es unterschiedliche Traumatisierungsgrade?« Bill zuckte unschlüssig mit den Schultern: »Ich denke schon. Interessant ist: wie geht der Mensch mit seiner psychischen Zerstörung um. Nutzt er sie oder verfällt er in Lethargie.« Ich versprach ihm, darüber nachzudenken. Dann löste Bill sich im Dämmer meines Zimmers auf und ich fragte Willem, der sich gerade eine fette Line durch seinen mitgebrachten Strohhalm in die Nase zog: »Und wie hast du gemerkt, dass du – ich sage mal – im falschen Körper steckst?«

Willem räusperte sich in die vorgehaltene Faust. »Als ich neulich am Trippen war. Auf meiner alten Klapperchaise bin ich durch die Felder gegurkt und hatte plötzlich eine Erleuchtung, wenn du weißt, was ich meine. Mit einem Mal stand da der Erzengel Gabriel im güldenen Gewand vor mir auf dem Rübenacker und sagte strahlend: ›Ich bringe dir frohe Kunde: Du bist gar kein Mann. Du bist eine Frau.‹ Zuerst dachte ich, der Typ hat einen an der Waffel, der soll mir den Arsch lecken, weißt ja, was man in solchen Momenten denkt. Ich habe ziemlich rumgebrüllt und ihn als verschissene Schwulette bezeichnet, was mir im Nachhinein ein bisschen leid tut. Aber in der Situation war ich komplett aufgebracht. Wenn du verstehst, was ich meine. Wie auch immer. Ich habe mich dann auf so einen Anhänger mit Zuckerrüben gehockt und nachgedacht. Und am Ende, als der Erzengel wieder in den Himmel gefahren war, fiel es mir wie Schuppen von den Augen, warum aus mir nie was geworden ist.«

Ich zog mir zwei Lines hintereinander rein. Direkt ins Hirn.

»Und? Warum nicht?«

Ich schloss die Augen und ließ mich auf meinen Plüschfisch mit den Glupschaugen sinken. Fuck, das war gut. Jetzt war Willem wieder mit dem Koks dran. Mit zittriger Hand wischte er sich unter der Nase lang.

»Weil ich einfach nonstop depri war. Ich hatte keine Power. Verstehst du? Ich saß im falschen Film. In der totalen Dunkelheit. Ich habe die Gesellschaft für mein Leiden verantwortlich gemacht. Aber jetzt, seitdem ich das mit meiner verdrehten Geschlechteridentität weiß, ist auch für mich die Sonne aufgegangen, und ich habe die totale Energie.«

Zum Beweis sprang Willem plötzlich auf und versuchte, mich in seinem albernen Blumenkleid hochzuheben und rumzuschleudern.

»Siehst du, mein Sohn! Volle Power!«

»Lass mich runter!«

»Kommt gar nicht in Frage.«

Willem hatte ziemlich Kraft. Ich war Wachs in seinen Armen. Als er endlich mit der irren Rumwirbelaktion fertig war, war das ganze Koks vom Spiegel direkt auf seine nackten Füße gepulvert. Für mich war der Stoff damit aus rein ästhetischen Gründen verloren. Willem blickte geschockt nach unten, sein Mund stand offen, wie bei einem Fisch, der zu wenig Sauerstoff bekommt. Doch anstatt das Zeug schleunigst aufzusaugen, nickte er bedächtig. Seine vorquellenden Augen kullerten ihm beinahe aus dem Kopf. Offenbar hatte er schon wieder eine Vision. Mit der ausgestreckten Hand hielt er mich zurück, so als hätte ich Anstalten gemacht, selbst das Zeug von seinen Füßen schnupfen zu wollen.

»Halte ein, mein Sohn! Das ist ein Zeichen!«

»Was für ein Zeichen?«

»Ein Zeichen vom Erzengel Gabriel, dass es Zeit wird, den chemisch aufbereiteten Drogen zu entsagen.«

»Spinn nicht rum, Willem.«

»Gott allein weiß, wie lange ich auf dieses Zeichen gewartet habe. Danke, Gott! Danke!«

Willem ließ sich auf seine Knie fallen und küsste meinen koksbestäubten Teppichboden. Mir schien, er brachte hier einige religiöse Riten durcheinander.

Am frühen Abend, als die Amseln keckerten und die beiden Jungs von nebenan vor meinem Fenster zur Ghettoblaster-Musik synchrone Tanzschritte auf dem Gehweg probten, gingen Willem und ich gemeinsam zurück ins Wohnzimmer, um uns mit Barry zu versöhnen. Willem und ich waren ziemlich zugedröhnt. Wir hatten uns geeinigt: Dieses letzte Zeug musste noch weg. Dementsprechend waren wir brüderlich gestimmt. In der abendrotgefluteten Küche war zu unserer großen Enttäuschung weit und breit nichts von Barry zu sehen. Vermutlich befand er sich gerade zum Abendessen in der Gästetoilette. Auf dem Herd stand noch eine Pfanne mit einem Rest krosser Bratkartoffeln. Wir klopften zaghaft an. »Hallo? Ist Barry da drinnen?«

Statt einer Antwort hörten wir meine Mutter vor Schmerzen aufstöhnen. »Verpisst euch, Männer.«

Willem ging näher heran, presste sein Ohr an die Klotür und atmete wie ein Schwein durch die Nase.

»Fickt er sie in den Arsch, oder was?«

»Glaub ich nicht.«

Irgendwie hatte ich den Eindruck, er müsste mal zum Hals-Nasen-Ohrenarzt. Mit seinen Atemwegen war etwas nicht in Ordnung. Wahrscheinlich bekam er nicht genügend oder nur schwer Luft. In seiner Lunge rasselte es bedenklich. Außerdem schwitzte er ziemlich. Seine wulstigen Lippen standen offen. »Hallo?«

Wieder vernahmen wir nur ein schmerzerfülltes Stöhnen, das mich plötzlich an das Stöhnen der ehemals Schwangeren unter den Qualen ihrer Wehen erinnerte. Jetzt rief ich leicht panisch: »Alles in Ordnung da drinnen?«

Endlich ließ uns meine Mutter am Geschehen teilhaben. »Ich sagte: Verpisst euch! Barry näht mir gerade mein Hymen wieder zu!«

Neunzehn

Im milchigen Mondschein schob ich mein Rad aus der Garage und fuhr zum Proberaum. Dies war die Nacht zu meinem neunzehnten Geburtstag. Dies war die Nacht, in der mich meine Bandjungs feiern wollten. Dies war die Nacht, in der Pony plötzlich und unangemeldet mit einem großen Paket vor der Tür gestanden hatte, um mit mir in meinen Geburtstag hineinzufeiern. Doch ich durfte meine Jungs nicht enttäuschen. Auch wenn meine Freundin drinnen, hinter meiner Fensterscheibe, in meinem Bett lag und jetzt schon auf mich wartete. Ich hatte ihr versprochen, bald zurück zu sein.

Als ich ankam, waren die Jungs alle da. Barry, Michael und der stumme Bassist hingen mit ausgestreckten Beinen auf der alten Ledercouch herum, rauchten ein paar Joints und tranken Bier. Es war ganz still im Proberaum, nur eine dicke, rote Kerze flackerte. Sie schwiegen und genossen den Turn. Ich ließ meinen Rucksack mit den Bierdosen fallen und alle hoben automatisch ihre Hand. Über ihre Gesichter flimmerte ein Lächeln. »Ah, unsere Perle ist da.«

Ich hob auch die Hand und ließ mich zwischen meine breiten Bandkollegen plumpsen. Barry reichte mir den Joint rüber. »Wie geht's Pony?«

»Ihre Therapeutin meint, sie wurde als Kind von ihrem Onkel missbraucht.«

»Scheiße.«

Der stumme Bassist zuckte mit den Schultern. »Wer von uns wurde in der Kindheit nicht missbraucht?«

Michael nickte. »Ja, stimmt. Irgendwie wurden wir alle vergewaltigt. Ich meine, ich musste in den Kinderladen, obwohl ich überhaupt nicht wollte.«

Ich zog am Joint und sagte. »Behaltet's für euch, Leute! Ist eine ziemlich private Sache.«

Wir nickten alle vor uns hin und versuchten vergeblich, unsere Gedanken festzuhalten.

Michael ließ die Sache nicht los. »Was sachste? Was hat der Onkel mit Pony gemacht?«

»Sie missbraucht.«

»Ach so, ja klar.«

Und dann, nach ein paar Minuten: »Was sachste? Was hat der Onkel mit Pony wohl genau gemacht?«

Wir wollten uns das besser nicht vorstellen. Ich meinte nur zu Barry: »Ich glaube, es wäre gut, wenn du sie beizeiten mal exorzierst.«

Natürlich meinte ich das nicht wirklich, ich wollte das Gespräch nur ein bisschen vorantreiben. Eigentlich bereute ich es schon, dass ich es überhaupt angesprochen hatte. Das war auch etwas, was ich noch lernen musste: wie viel persönliche Fakten man aus der eigenen Zweierbeziehung an die drei besten Freunde weitergab, ohne den Partner – in dem Fall Pony – zu verraten. Immerhin benötigt man ja ab und an auch mal einen hilfreichen Ratschlag von dritter Seite.

Um von mir abzulenken, fragte ich: »Barry, was macht das Hymen meiner Mutter?«

Er machte ein Top-Zeichen mit Zeigefinger und Daumen.

»Ist zugenäht.«

Michael hielt sich die Hand hinters Ohr. »Hab ich das gerade richtig verstanden? Das Hymen von Joshuas Mutter wurde wieder zugenäht? Warum?«

Ich zeigte auf Barry.

»Frag ihn. Er hat's gemacht.«

Der stumme Bassist drehte uns schnell noch einen Joint und guckte abwartend von mir zu Barry. Der zuckte mit einer Schulter. »Ich will halt eine unberührte Jungfrau heiraten. Ist das so schlimm?«

Wir schüttelten unsere Köpfe. Und als es fünf Minuten später im Kirchturm hinter den schwarzen Baumwipfeln zwölf schlug, zog der stumme Bassist ein in Zeitungspapier eingewickeltes Päckchen aus seinem Basskoffer hervor und überreichte es mir. »Hier, meine Perle.«

Barry beugte sich neugierig vor, sein Federohrring baumelte am Ohr. Ich riss die Zeitungspapierschichten runter. Es war eine Videokassette mit selbstgemaltem Cover, auf dem eine nackte Frau auf einer Leiter stand und sich hilflos an einer der Sprossen festklammerte. Der Titel lautete *Showdown for Desirée*. Michael tippte auf das Cover. »Hab ich dir gestern von der Originalkassette abgemalt.«

Meine Augen strahlten. Ich hatte noch nie etwas so Liebevolles zum Geburtstag geschenkt bekommen. »Jungs, ihr rührt mich echt.«

Der stumme Bassist stand auf, strampelte ein bisschen mit seinen Lederhosenbeinen und erklärte feierlich: »Bevor wir uns gemeinsam den Film ansehen, möchte ich noch ein Plädoyer für den Porno-Film an sich halten.«

Er stellte sich auf den umgedrehten Bierkasten, nahm sich Michaels Mikro und räusperte sich. Ich schob die Regler hoch. Auf seiner Stimme lag nun ordentlich Hall. Wie in einer Kathedrale.

»Wie wir Männer wissen, haben die Frauen grundsätzlich etwas gegen Pornofilme, weil sie der Auffassung sind, dass das weibliche Geschlecht in solchen Filmen missbraucht wird, um den Männern Lust zu spenden. Das ist richtig. Nur sollten sich die Frauen langsam mal eingestehen, dass sie es lieben und auch nötig haben missbraucht zu werden.«

Michael applaudierte, doch der stumme Bassist gebot ihm mit einer huldvollen Handbewegung Einhalt und fuhr fort: »Warum, frage ich euch, gibt es also keine Pornos explizit für Frauen, in denen Männer von Frauen benutzt werden? Ich sage es euch: Weil solch eine Handlung die Frauen überhaupt nicht anheizen würde. Frauen werden nämlich gerade durch nackte Muschis und Riesentitten sensorisch stimuliert, weil es ihnen auf diesem Wege möglich ist, sich in die erniedrigte Darstellerin hineinzuimaginieren. Das tut den Frauen gut – nur so können sie sich im Augenblick der totalen Intimität von ihren überdimensionalen Ängsten und Nöten lösen und für einen wertvollen Moment in der Lust verschwinden. Das gelingt den Frauen aber eben nur, wenn sie sich in diese Frau, die im Porno während des Geschlechtsaktes unterworfen wird, hineindenken. Versteht ihr?«

»Nö.«

Wir schüttelten die Köpfe. Der Bassist holte tief Luft: »Um es kurz zu machen: Frauen sollten Hardcore-Pornos sehen, dann hätten sie auch mehr Spaß am Sex. Denn diese Pornofrauen, die wir gleich auf Band sehen werden, leiden nicht unter der allseits gefürchteten Plateauphase, sie wollen einfach nur gebumst werden.«

Michael fragte: »Was denn für eine allseits gefürchtete Plateauphase?«

Der stumme Bassist kriegte einen Anfall. »Was die Plateauphase ist? Hallo? Informierst du dich gar nicht?«

»Nö.«

»Das ist die Phase, in der sich die Frau oft befindet, wenn sie Sex hat. Ab einem gewissen Punkt kannst du deine Ische stimulieren, bis der Arzt kommt. Da bewegt sich bei der gar nichts mehr. Die Erregungskurve geht einfach nicht nach oben. Das ist bei der genetisch so angelegt. Darum haben Frauen ja auch so ein niedriges Selbstwertgefühl – oder nenn es: Selbstbewusstsein. Sie fühlen sich wie eine kaputte Maschine, impotent, wenn du so willst.«

»Hä?«

»Ist doch klar. Sie können machen und tun, was sie wollen, da rührt sich lusttechnisch nichts mehr. Erst wenn sie diese langweilige, ewig andauernde Phase, ich sage mal, von einer halben Stunde, überwunden haben, steigt ihre Erregungskurve überhaupt erst an.«

Michael kratzte sich am Kopf. »Echt?«

Der stumme Bassist fuhr weiter fort:

»Ich sage: Im Normalfall! Da aber die Frauen schon vor dem Geschlechtsverkehr wissen, dass sie den Akt unter der Auswirkung der nicht enden wollenden Plateauphase verbringen – in der Zeit könnten sie gut und gerne den gesamten Abwasch erledigen –, setzen sie sich selbst unter Druck. Sie wollen diese verdammte Phase verkürzen, weil sie dem Mann gegenüber ein schlechtes Gewissen haben.«

»Wieso das denn?«

»Weil er ja gerade mit allen ihm zur Verfügung stehenden Mitteln versucht, sie zu befriedigen.«

Michael sah fragend in die Runde. »Tut er das?«

Der Bassist konnte es nicht fassen. »Was bist du denn für ein Scheiß-Liebhaber?«

Michael zuckte mit den Schultern.

»Ich bumse halt.«

Der stumme Bassist schüttelte streng den Kopf.

»Mein lieber Michael, du solltest ganz schnell anfangen, deine Sexualität zu kultivieren.«

»Können wir jetzt bitte den Film sehen?«

»Immer ruhig mit den jungen Pferden. Wo war ich?«

Ich half ihm. »Bei der Plateauphase, bei der die Frauen abwaschen.«

Der stumme Bassist zeigte zur Bestätigung auf mich.

»Gedanklich, mein Lieber. Gedanklich. Sie schweifen mit ihren Gedanken ab und setzen sich gleichzeitig unter Druck, schneller zu kommen. ›Multitasking‹ nennt man das. Was passiert dadurch?«

Barry meldete sich und wurde drangenommen: »Es dauert noch länger.«

»Richtig. Und irgendwann brechen die Frauen entnervt die Sache ab und bleiben unbefriedigt. Passiert das ein paar Mal hintereinander, drehen sie durch.«

»Jetzt wird's interessant«, sagte ich.

Der stumme Bassist stieg von seinem Bierkasten runter und legte mir wohlwollend die Hand auf die Schulter.

»Den Frauen ist also nur durch die Kultivierung der Sexualität zu helfen, wie auch mit dem kontinuierlichen Ansehen von Porno-Filmen. Das Problem an der Sache ist nur, dass die Frau – intellektuell gesehen – leider derart minderbemittelt und auch unterentwickelt ist, dass sie nie begreifen wird, dass der Porno ihre einzige Chance auf ein gesundes Selbstbewusstsein ist.«

Ich hob die Hand. »Warum noch mal?«

»Weil die Frau auf diesem Wege für einige wertvolle Augenblicke Ruhe vor sich selbst bekommt.«

Ich fasste zusammen: »Aha. Indem sie sich in den Prototypen der selbstbewussten Frau hineinimaginiert, die aus purer Geilheit bereit ist, sich dem Mann zu unterwerfen, befreit sie sich von sich selbst und der ›allseits gefürchteten‹ Plateauphase.«

Der stumme Bassist nickte anerkennend. »Ganz genau. Dadurch wiederum wird die Frau derart *horny*, dass sie die Chance hat, die Plateauphase in Zukunft zu umschiffen. Das heißt, sie schämt sich nicht mehr für ihre Unlust vor dem Mann und wird von uns Männern nicht mehr als frigide bezeichnet. Sie dreht nicht mehr durch, und alle sind zufrieden.«

Nun meinte Barry: »Wäre es nicht einfacher, die Frau ganz einfach nicht als frigide zu bezeichnen?«

Michael nickte.

Doch der stumme Bassist hielt dagegen: »Mein lieber Barry, wir Männer sprechen nur laut aus, was die Frauen längst selber wissen.«

Plötzlich waren wir uns alle einig. »Wir können Gott gar nicht genug danken, dass wir keine Frauen sind.«

Dann schoben wir die Raubkopie in den Rekorder und Barry schimpfte aus Pflichtgefühl seiner Freikirche gegenüber: »Versündigt euch nicht! Versündigt euch ja nicht!«

Zwanzig

Am nächsten Vormittag klopfte es an mein Schlafzimmerfenster. Vorsichtig stieg ich über Pony, die mit wachen Augen neben mir lag und mich anlächelte. Ich gab ihr einen Kuss auf die Stirn und zog nackt den Vorhang zur Seite. In den kahlen Zweigen des Knallbeerenbusches stand Willem und starrte mich an. Seine Perücke hatte er zum Glück zu Hause gelassen. Er trug eine Jeansjacke und darunter ein Band-T-Shirt von den *Doors*. Ich hob die Hand zum Gruß und ging dann, um ihn reinzulassen. Bevor ich die Tür überhaupt halbwegs aufgemacht hatte, quetschte er sich schon mit seinem mächtigen Bauch durch den Spalt in den dämmrigen Flur und legte sich seinen wurstigen Zeigefinger auf die Lippen: »Bloß keinen Laut! Alles klar?!«

Ich nickte. »Alles klar.«

Er wetzte an mir vorbei, in mein Zimmer. Ich kam schnell hinterher und zog mir meine Unterhose an, die als Knäuel neben dem Bett auf dem Boden lag. Inzwischen hatte sich Pony aufgesetzt, ihre Haare standen in alle Richtungen ab, und sie hielt sich notdürftig die Decke vor die Brust.

»Wer ist das?«

»Willem …«

Mit wildem Blick fuhr er herum und legte sich schon wieder den Zeigefinger auf die Lippen. »Psssst!« Mir war nicht ganz klar, von wem Willem nicht bemerkt werden wollte. Barry lag oben unter seinem heiligen Frank-Zappa-Poster, quer über das Ehebett meiner Eltern drapiert, und schlief bis Mittag. Oder er saß in der Schule. Keine Ahnung. Ich verfolgte das alles nicht mehr so genau. Dabei fiel mir ein, dass ich auch mal wieder zum Unterricht musste. Ich sagte: »Pony, das ist Willem, Willem, das ist Pony.«

Mein Vater stand nervös nickend in der Mitte des Schlafzimmers, machte ein angedeutetes Peace-Zeichen in Ponys Richtung und räusperte sich schon wieder in seine vorgehaltene Faust. »Mach die Tür zu. MACH DIE TÜR ZU!«

»Ist ja gut.«

Ich schloss die Tür, setzte mich auf meine Bettkante und legte meine Hand auf Ponys nacktes Knie. Irgendwie hatte ich Kopfschmerzen und einen trockenen Mund. Vermutlich hatte ich gestern Nacht zu viel von Michaels Gras geraucht, das er seit Neuestem in größerem Stil auf dem Balkon seiner Mutter anbaute. Ich nahm mir die Wasserflasche, die am Kopfende des Bettes stand, und leerte sie in einem Zug aus, dann gab ich sie an Pony weiter.

»Oh, entschuldige.«

Sie lächelte. Willem setzte sich auf einen meiner Bücherstapel, ganz oben lag *Sprung in der Sonne*. Meine Bibel. Darunter *Der Fremde*. Darunter *Das Spiel ist aus*. Darunter *Kindheit in der Provence*. Darunter *Narziß und Goldmund*. Darunter *Auslöschung*. Darunter Kafka – *Sämtliche Erzählungen*. Darunter *Aufzeichnungen eines Außenseiters*. Und darunter *Die Wellen*. Ein Geschenk meiner Mutter an mich. Allerdings hatte ich es nie gelesen. Willem zog sich eine Zigarette aus seinem zerdrückten Softpack, zündete sie an und blies den Rauch mit Druck aus.

»Wo ist Swantje?«

»Keine Ahnung. Vermutlich bei ihrer Freundin Vanessa.«

Willem stand wieder auf und sah sich angespannt um, er guckte sogar unter beide Betten.

»Sie ist also nicht hier?«

»Nein.«

Im Sitzen zog ich mein Hemd über und band mir Rainers gelbe Seidenkrawatte um. Willem schritt wieder rüber zum Schreibtisch, tippte ein bisschen auf den Schreibmaschinentasten herum und bemerkte: »Das ›S‹ springt ja aus der Reihe.«

»Ich weiß. Ist die alte Maschine von Rainer.«

Willem zeigte auf mich.

»Gutes Stichwort! Ich habe nämlich eine kleine Geburtstagsüberraschung für dich.«

Ich angelte meine Hose vom Schreibtischstuhl.

»Was meinst du?«

Willem drückte seine Zigarette auf meiner selbstgetöpferten Schildkröte aus, die inzwischen neben meinem fast fertigen Manuskript auf dem Tisch stand, und räusperte sich wieder.

»Na, Stichwort Rainer. Zu dem gehen wir jetzt. Ich hab seine Adresse rausgefunden und so weiter. Darum hattest du mich doch gebeten.«

Rücklings auf dem Bett liegend knöpfte ich meine recht eng sitzende Lederhose zu und überlegte, wie sich Pony in dieses Gespräch integrieren ließ, damit sie sich nicht so ausgeschlossen fühlte. Das war mir wichtig.

»Was hast du?«

»Na, seine verdammte Adresse rausgefunden. War gar nicht so einfach. Aber der gute alte Willem wäre nicht der gute alte Willem, wenn er nicht über Eins-A-Kontakte verfügen würde. Ich meine, wie du dir denken kannst, habe ich mit manchen Leuten noch eine Rechnung offen. Die tun mir dann gerne mal einen Gefallen, weil sie wissen, dass ich sonst recht ungemütlich werden kann.«

Ich schloss meine Gürtelschnalle und fand es unmöglich, wie Willem Pony ignorierte, die noch immer bewegungslos in meinem Bett saß und sich die Decke vor die Brust hielt. Sie lächelte.

Ich fragte: »Wieso? Was unternimmst du dann mit denen?«

Willem machte eine wegwerfende Handbewegung. »Ach, das willst du gar nicht wissen.«

Vermutlich hatte er sogar recht damit. Ich nahm mir mein braunes Jackett, während er noch sagte: »Kein Wort zu niemandem, okay? Ich will nicht, dass Renate denkt, ich hintergehe sie. Ich will, dass sie mir vertraut. Okay? Die Zeit des Betrügens liegt weit hinter mir. Alles klar? Das war eine schlimme, schlimme Phase meines Lebens, die will ich gar nicht erst in meiner Erinnerung reaktivieren. Wenn du Leute hintergehst und belügst, wirst du paranoid. Alles klar? Das zerfrisst dich, bis von dir nichts als eine verkrüppelte Seele übrig bleibt. Verstehst du?«

Ich nickte. Obwohl ich Schwierigkeiten hatte, in die Materie voll einzusteigen. Willem drückte sich für meinen Geschmack ziemlich abstrakt aus. Vermutlich ging es wieder mal um Sex. Er sah mich durchdringend an und legte mir die Hände auf die Schultern.

»Klar, mein Sohn?«

»Klar.«

»Gut.«

Dann machte Willem eine Kopfbewegung Richtung Pony und zwinkerte ihr zu. »*Sweetheart*, kannst dich beim alten Willem bedanken, dass er dir einen Eins-A-Freund an die Seite stellt. Ich habe mein heiliges Sperma in die Vagina seiner Mutter abgegeben, wenn du so willst, bin ich sein Vater.«

Er reichte Pony seine Hand und Pony reichte ihm ihre. Er griff mit beiden Händen danach, drehte diese winzigen Hände in seinen um, knetete sie ein wenig und fuhr dann mit dem Zeigefinger ihre Lebenslinie entlang.

»Dein Leben, mein *Sweetheart*, wird von Aufbrüchen geprägt sein. Du hast eine extrem mütterliche Seite, aber alles, was du tust, unterliegt deinem Streben nach Unabhängigkeit. Deine Weiblichkeit steht in hoher Spannung zu deiner männlichen Seite. Doch vor allen Dingen ist Bildung ein ganz wichtiger und wesentlicher Aspekt in deinem Leben. Ich möchte fast sagen, du bist eine atemlose Amazone. Achte darauf, dass du immer genug Geschlechtsverkehr hast, sonst wirst du unglücklich. Okay? Versprichst du mir das?«

Pony riss ihre Augen auf und nickte eingeschüchtert. Willem küsste bewegt ihre Fingerspitzen.

»Ich muss dir nun deinen von mir in ›Menschlichkeit‹ geschulten Freund entführen, ich bringe ihn dir wieder. Und rede mit niemandem über das, was du weißt.«

Pony nickte wieder.

Sie hielt die Decke inzwischen etwas nachlässig, und Willem bekam automatisch diesen hungrigen Blick. Schnell griff ich nach seinem Jackenärmel und zog ihn raus in den Flur. Ich winkte Pony noch einmal zu und formte mit den Lippen »Ich bin bald zurück«. Sie legte ihren Kopf schief, ihre roten Locken fielen über ihre weißen Elfenschultern und sie lächelte und hob die sommersprossige Hand.

Sie flüsterte: »Ich liebe dich.«

Dann machten Willem und ich uns im Taxi auf den Weg.

Wir ließen uns über die Autobahn bis raus zum Stadtrand fahren. Der Himmel zog sich zu, und mit einem Mal brach der Regen über uns herein. Die Tropfen zerplatzten auf der Windschutzscheibe, und über unseren Köpfen prasselten sie wie Kiesel auf das Dach. Ich sah aus dem Fenster, hinaus in die braun verwaschene Landschaft, und versuchte mich an Rainers Gesicht zu erinnern. Aber immer schob sich Pony dazwischen, mit riesigen Kopfhörern auf den Ohren. Ich hörte, wie sie leise den Kate-Bush-Peter-Gabriel-Song sang: *Don't give up. Don't give up.* Monoton und immer schneller. *Don't give up. Don't give up.* Ihre Stimme wurde lauter, ihr Gesicht kam dichter und dichter heran. Sie öffnete ihren Mund und ihre Lippen stülpten sich wie ein riesiger Saugnapf über mich. Ich verschwand in ihrer Mundhöhle und ging auf ihrer erdbeerroten Zunge spazieren, bis nach hinten zum Racheneingang. Da beugte ich mich vor, hielt mich vorsichtshalber an ihrem Gaumenbändchen fest, und sah hinunter in das schwarze Nichts. Dort unten gurgelte und sprudelte es. Plötzlich schluckte Pony, und ich stürzte hinab in ihren leeren, zuckenden Magen.

Mir stand der kalte Schweiß auf der Stirn, und Willem tätschelte mir das Knie. »Alles roger, mein Sohn?«

Ausnahmsweise räusperte ich mich jetzt mal.

»Wie man's nimmt. Pony hat heute Nacht geträumt, ich würde sie auffressen.«

Willem riss die Augen auf. »Kannibalismus, oder was?«

»Ich würde eher sagen: totale Destruktion. Sie ist ein Opfer der Emanzipation.«

Willem nickte verständnisvoll. »Ich sage dir was, mein Sohn. Das Alter, in dem ihr euch gerade befindet, also im *Twilight* zwischen Kindheit und Erwachsensein, ist im Laufe der Menschheitsgeschichte nie leicht gewesen. Ich meine, damals in *Haight*, habe ich Schicksale gesehen, die mich bis heute nicht loslassen. Du kannst es dir nicht vorstellen, aber die Bürgersteige und Parks waren voll von Teenagern, die auf der Suche waren nach Heimat und dem inneren Frieden. Und sie alle waren voll drauf. Sie alle wollten die Lage checken und endeten nackt auf der Straße beim größten Gang-Bang aller Zeiten. Da fanden Massenvergewaltigungen statt, die übersteigen die menschliche Vorstellungskraft. Das war die Kehrseite der Medaille.«

»Warst du mit dabei?«

Willem gab mir einen kräftigen Schlag auf den Hinterkopf.

»Bist du bescheuert?! Ich steig gleich aus! Ich bin der friedvollste Mensch, den du dir vorstellen kannst. Nicht mal deiner Mutter habe ich je eine gescheuert, egal wie bescheuert sie sich verhalten hat.«

»Entschuldige!«

»Ich wollte dir damit lediglich sagen, dass die Selbstzerstörung ein naturgegebener Teil der Jugend ist. Eine Art Initiationsritus, bei dem natürlich immer ein paar auf der Strecke bleiben, weil sie es übertreiben. Die brauchen Hilfe. Da kam ich damals ins Spiel.«

Ich setzte mich auf und rückte meinen Anschnallgurt zurecht. Jetzt wurde es interessant. Womöglich konnte ich doch noch was von Willem lernen.

»Was hast du gemacht? Die Opfer des Zwiespalts psychologisch betreut?«

Willem machte ein verächtliches Gesicht und zeigte mit dem Finger auf seine Brust. »Psychologisch? Ich? Niemals! Mit dem guten, alten Doktor David Smith habe ich seinerzeit eine Klinik eröffnet, um diese armen Irren zu behandeln, die sich mit sämtlichen zur Verfügung stehenden Substanzen derartig vergifteten, dass es ein Wunder ist, dass nicht noch mehr von ihnen den Löffel abgegeben haben. Ganz nebenbei konnte der Doktor so seine toxikologischen Studien machen, von denen die Welt noch heute profitiert. Wie auch immer. Ich war, wie du dir leicht vorstellen kannst, eher für den spirituellen Aspekt der Heilung verantwortlich. Ich betete mit den jungen Menschen und gab ihnen einen Ausblick.«

Ich presste meine Lippen zusammen und schluckte. Ich kam nicht wieder aus Ponys Bauchhöhle heraus, die mich langsam zu verdauen schien.

Willem legte mir seine Hand aufs Knie und schnorchelte: »Wollen wir beten?«

»Jetzt?«

»Warum nicht?«

Wir schlossen die Augen, falteten unsere Hände und Willem murmelte: »Körper, Geist und Seele. Hare Krishna. Hare Krishna. Om purnam adah purnam idam / purnat purnam udacyate. His flute, with blooming eyes like lotus petals, with head bedecked with a peacock's feather.«

Und aus Willems Stimme formten sich weiche Treppenstufen, auf denen ich Schritt für Schritt aus Ponys Innerstem emporstieg, raus aus der feuchten Dunkelheit, in ihren Mund hinein, der sich freundlich öffnete, und ich ließ mich an ihren Lippen hinuntergleiten, verfing mich in ihren Locken, schwang mich auf ihre Schulter und rutschte in ihren Ausschnitt hinein, bis zu ihrem Herz. Ich hörte es schlagen. Bambam. Bambam. Ihre weiche Haut.

Willem flüsterte: »Amen.« Dann hielten wir auch schon vor einer großen gelben Villa mit hohem Lanzettenzaun. Willem zahlte und wir stiegen aus. Raus in den strömenden Regen, raus in die stahlgraue Luft. Wir klappten uns unsere Krägen über die Ohren und rannten los. Wir drückten auf die Klingel, neben der das Schild einer tierpsychologischen Praxis hing.

Willem rief gegen das Unwetter an: »Die führt seine Frau.«

Und dann dauerte es noch mal sehr lange, bis das Tor endlich aufsprang. Wir rannten den vor Nässe spiegelnden Plattenweg hinunter. Ich atmete, plötzlich merkte ich den Regen nicht mehr. In meinen mit Klebeband umwickelten Chucks rannte ich durch die Pfützen, das Wasser spritzte, und meine Beine wurden kürzer, meine Füße kleiner. Da waren die roten Flicken auf meinen Knien. Ich trug meinen weißen *Coq sportif*-Pulli. Ich sah meine Nasenspitze. Das war ich. Joshi! Ich rannte und hüpfte und sprang. Voran, über vergilbte Grasbüschelchen, nach Hause. Die Stufen hinauf. Willem war schon drinnen. Als ich auf dem Fußabtreter landete, blickte ich auf.

»Papa.«

Er hatte sich den Bart abgenommen. Sein Gesicht war schmaler geworden, um die Augen hatte er viele kleine Fältchen. Sein Haar war am Ansatz ganz grau. Doch er trug noch immer kakifarbene Espandrilles an den nackten, gebräunten Füßen. Er machte einen Schritt zurück und hielt sich an der Klinke der Tür fest. Willem schüttelte sich seine nassen Haare aus und strich sich den Schnurrbart glatt. Er ständerte von einem Bein aufs andere und keuchte: »Ruby-Rainer, schön, dich zu sehen. Wir dachten, wir kommen mal vorbei.«

Ruby-Rainer bewegte seinen Kopf ganz langsam.

»Willem … Josh …ua …«

Sein Mund stand halb offen. Er trug ein dunkelblaues Hemd. Darüber ein helles Cordjackett. Wie früher. »Ich komme gerade aus dem Fitnessraum«, presste er hervor.

Willem gab den Sportfreund und schlug ihm freundschaftlich auf die Schulter. »Macht ja nichts. Macht ja nichts. Dürfen wir trotzdem reinkommen? Wir haben was mit dir zu bereden.«

»Ja, sicher.«

Rainer sah hinunter auf unsere Schuhe, die den empfindlichen Steinfußboden nass machten. Sofort öffnete er neben sich eine schmale Tür und holte einen Wischlappen hervor. Er ließ ihn auf den Boden fallen und feudelte mit dem ausgestreckten Fuß die Flecken weg. Brav zog ich meine Schuhe aus. Willem behielt seine an.

»Manchmal muss ein Mann auch seine Schuhe anbehalten«, raunte er mir zu.

Endlich saßen wir drinnen im kühlen Wohnzimmer auf einem ausladenden Sofa in Rot. Rainer stand noch hinter dem Küchentresen und nahm ein paar Coladosen aus dem Kühlschrank und Kekse aus der Packung. Dann kam er an den niedrigen Regalen mit den Bildbänden vorbei zu uns zurück. Überall standen mehrfach gestaffelt Familienfotos in silbernen Rahmen. Glückliche Kinder im Pool, glückliche Kinder mit Hund, glückliche Kinder mit glücklicher Mutter, glückliche Kinder mit glücklichem Vater, glückliche Kinder mit Schultüten, glückliche Kinder mit Gipsarm, glückliche Kinder mit Hockeyschlägern, glückliche Kinder mit Tennisschlägern, glückliche Kinder mit Fahrrädern, glückliche Kinder mit Rollschuhen, glückliche Kinder mit Freischwimmerabzeichen, glückliche Kinder beim Reiten auf Ponys, glückliche Kinder mit glücklicher Mutter vor der Pyramide, im Arm einer riesigen Mickey Mouse, auf einem Elefanten, auf einem Kamel, glückliche Kinder mit einem weinenden Baby auf dem Schoß und so weiter.

Um das Gespräch in Gang zu bringen, sagte ich: »Das sind wohl alles deine, was?«

Rainer drehte sich abrupt zu den Fotos um, als wüsste er nicht, dass sie da standen.

»Äh, ja. Ja, richtig. Das sind alles meine. Meine.«

Ich nickte. Willem nickte auch und klatschte in die Hände.

»Hübsch. Sehr hübsch. Glücklich. Was?«

Rainer stotterte: »Was meinst du? Die Kinder sind nicht da. Die sind mit dem Hund draußen. Die kommen erst später wieder. Die gehen anschließend noch zu Freunden. Also … ihr werdet sie wohl nicht mehr sehen. Meine Frau ist auch nicht da und … Was wollt ihr?«

»Wissen, was deine Glücksformel ist.«

Willem schüttelte grinsend den Kopf. Ich stieß ihn unauffällig an und warf ihm einen strafenden Blick zu. Doch er war nicht zu bremsen.

»Was denn? Wenn einer weiß, wie es geht, wird man ihn doch noch fragen dürfen. Schließlich trennen sich die Leute heutzutage am laufenden Band. Da ist es doch ein Wunder, wenn es noch Paare gibt, die sich verstehen. Sieh mich an! Ich bin der einsamste Mensch auf der ganzen Welt. Ich habe mein Lebensglück nicht gefunden. Kacke! Was gäbe ich dafür, wenn ich eine Frau an meiner Seite hätte, die Zeugin meines eigenen Daseins wäre. Die morgens neben mir aufwachen und sagen würde: ›Willem, mein Schatz, weißt du noch …?‹«

Rainer nickte mit aufgeblasenen Wangen und angehaltenem Atem.

Ohne Zweifel glaubte er, dass wir gekommen waren, um sein Lebensglück zu zerstören. Vermutlich drückte er gleich auf einen geheimen Knopf und löste damit die hauseigene Alarmanlage aus.

Also sagte ich: »Mach dir keine Sorgen. Wir sind nur gekommen, weil ich dich mal wieder sehen wollte. Das ist alles. Renate hat sich vor eineinhalb Jahren in unserer Gästetoilette eingeschlossen, weil ihr Ex-Mann Bill verunglückt ist, und im Zuge dessen habe ich erfahren, dass Willem mein eigentlicher Vater ist. Ich dachte, das solltest du wissen.«

Rainer lächelte gequält: »Das ist nett. Wirklich nett … Bill ist tot?«

Willem schüttelte seine rötlichen Haare nach hinten und breitete seine Arme rechts und links über die Sofalehne aus.

»Allerdings. Ist in ein kalifornisches Stromkabel geflogen. Mit dem Hubschrauber, versteht sich. Seitdem sitzt Renate in, ich nenne es: Isolationshaft.«

Unter dem gläsernen Beistelltisch zitterten Rainers gebräunte Füße in den Espandrilles.

»Oh, verdammt. Tut mir leid. Das ist nicht gut … Bill ist tot?«

Willem seufzte: »Richtig tot.«

Durch die breite Glasschiebetür, die zum Garten hinausführte, sah man den hellblauen Pool, ein riesiges Schaukelgerüst und ein

Trampolin. Dahinter begann direkt der Wald. Schön hatten sie es hier. In jedem Fall ganz anders als meine Mutter und ich. Aber irgendwie auch lebloser.

Ich ließ meinen Blick schweifen. An der Wand hing ein großformatiges Plakat von Piet Mondrian. Darunter stand dekorativ ein rotes Bobby-Car. Hinter uns erstreckte sich die offene Küche, auf der eine Schüssel mit knallgelben Zitronen stand.

Rainer sagte noch mal: »Scheiße. Wirklich.«

Mit einem Mal hörte Willem auf zu seufzen und rutschte vor bis zur Sofakante.

»Scheiße? Mein lieber Freund! Du hast Scheiße gebaut! Und zwar richtig! Du hast die Mutter dieses Sohnes erniedrigt, gedemütigt, sie wie eine alte Plastiktüte weggeworfen.«

Rainer hob die Hände. »Moment mal, lieber Willem. Moment mal! Ich habe überhaupt nichts gemacht. Diese Frau ist wahnsinnig. Das ist alles. Ich habe zugesehen, dass ich meine Haut rette. Okay?«

Jetzt meldete ich mich auch mal zu Wort: »Sie sagt, du hättest ihr das Gefühl gegeben, minderwertig zu sein. Sie sagt, du hättest gesagt, ohne dich sei sie nichts. Du sollst sogar zu ihr gesagt haben, sie solle erst mal lernen, sich auszudrücken, bevor sie mit dir spricht. Und dafür solltest du dich bei ihr entschuldigen. Entschuldige dich bei ihr.«

Rainer verschränkte die Arme vor der Brust. »Kommt gar nicht in Frage. Das wäre ja noch schöner.«

Willem wirkte hektisch. Er versuchte alles, um die Stimmung irgendwie wieder aufzuheitern.

»Und? Was machst du so?«

Rainer blickte sich um, als sei er zum ersten Mal in diesen Räumen, und ließ seine Hände auf die rote Lehne seines Sessels fallen. Gleich klang seine Stimme wieder souveräner: »Tja, was mache ich? Gute Frage. Ich produziere gerade eine ziemlich abgedrehte Fernsehserie, die im Frühjahr gestartet ist. *Gute Zeiten, Schlechte Zeiten* auf RTL. Habt ihr bestimmt schon gesehen. Die Kids sind verrückt danach.«

Willem sah mich konsterniert an.

»Kennst du das?«

Ich schüttelte den Kopf.

»Nicht, dass ich wüsste.«

Rainer lächelte jetzt nun ziemlich gönnerhaft, so kalt und glatt hatte ich ihn nicht in Erinnerung gehabt.

»Das ist eine sogenannte *Daily Soap*.«

»Aha.«

»Ursprünglich kommt die Idee aus Australien. Wir produzieren fünf Folgen in der Woche. Autoren, Schauspieler. Studios. Alles unter einem Dach. Ziemlich trendy. Ziemlich hip. Na ja, ihr wisst ja, wie das ist. Wenn was neu ist, kloppen die ganzen Feuilletonisten erst mal auf einen ein. Das ist typisch für Deutschland. Wenn jemand Erfolg hat, sind alle anderen neidisch und wollen es kaputtmachen. Aber ich sage euch, in einem halben Jahr werden wir die Fernsehpreise einkassieren. So viel ist klar.«

Also von mir aus hätten wir jetzt gehen können. Willem rieb mit den flachen Händen unruhig auf seinen regennassen Oberschenkeln herum. Ich kratzte mich am Kopf.

»Okay, dann wollen wir mal wieder.«

Rainer sprang sofort auf und lachte nun richtig breit und freundlich. Kameradschaftlich klopfte er mir auf die Schulter.

»Mensch, das war ja mal 'ne Überraschung. Schön, dass ihr vorbeigeschaut habt. Meine Frau Helga hätte euch bestimmt gerne kennengelernt. Sie ist aber gerade auf einer Hundeflüsterer-Fortbildung. Sie hat ja nebenan ihre tierpsychologische Praxis. Ich sage immer: Psychopathen-Praxis. Was die mit den traumatisierten

Viechern so alles anstellt. Per Hypnose sucht sie in deren Vergangenheit nach Schuldigen.«

Rainer lachte richtig los, wie jemand, der im letzten Moment dem sicheren Ende entkommen war. Willem und ich lächelten höflich.

»Ja, super. Dann grüß mal schön.«

Wir gingen über den frisch polierten Steinfußboden, rüber zur Haustür. Ich zog sie auf, Willem folgte mir auf den Fußabtreter. Als Rainer die Tür schnell hinter uns zudrücken wollte, stellte Willem plötzlich seinen breiten Fuß dazwischen und meinte mit der Stimme eines Erleuchteten: »Weißt du, mein Lieber, das erinnert mich hier alles ganz schön an Marx und Engels.«

Rainer glotzte blöde, wobei er mit seinem Fuß vergeblich versuchte, Willems Fuß von der Schwelle zu bekommen.

»Was willst du mir denn damit sagen?«

Willem lächelte gekünstelt und stützte sich nun auch noch mit der Hand gegen die Tür. »Na, das müsstest du als alter Kommunist doch am besten wissen.«

Rainer schüttelte verunsichert den Kopf.

»Na ja, es ist ja mehr als stadtbekannt, dass Engels sich stets als leiblichen Vater des unehelichen Sohnes von Marx ausgegeben hat, um Marx nicht in Schwulitäten zu bringen. Ich will damit sagen, lieber Rainer, dass du dich deinen Pflichten nicht vollkommen entbunden fühlen solltest. Es ist ja nun so, dass auch du eine Vergangenheit hast. Von unserer gemeinsamen will ich gar nicht erst anfangen, offenbar möchtest du nicht daran erinnert werden. Ich sage nur: *League for Spiritual Discovery* …«

Rainer holte tief Luft und grinste gequält: »Prima, Willem. Wir können ja gerne ein anderes Mal …«

Willem wedelte warnend mit dem Zeigefinger. »Na, na, na! Lenk nicht ab! Warst du es nicht, der damals Leary nach dem

Mund gefaselt hat, von wegen: die sexuellen Energien müssten gebändigt und harmonisiert werden, weil das Grundproblem der Menschheit familiärer Natur sei?«

Rainer drehte sich nach hinten um, als hätte er da irgendwo einen Wachmann postiert, der ihm helfen sollte, uns loszuwerden. Da niemand dort stand, drehte er sich wieder zu uns um und meinte müde: »Willem, willst du Geld oder was?«

Willem zuckte mit den Schultern:

»Warum nicht? Du scheinst genug davon zu haben.«

Rainer zog sein Portemonnaie aus der Hosentasche und klappte es auf. Wieder ein paar Bilder von glücklichen Kindern hinter Klarsichtfolie. Willem legte seine Hand darauf und sagte: »War nur ein Scherz.«

Es hörte auf zu regnen, die Sonne kam hinter den Wolken gleißend hell hervor, es war einer der schönsten Herbstmomente meines Lebens. Wir hoben unsere Hände zum Gruß, drehten uns um und liefen über den glänzenden Steinplattenweg, durch das hohe Gartentor auf die menschenleere Straße.

Vielleicht wartete Pony ja noch auf mich.